RYU NOVELS

鈍色の艨艟

八八艦隊、咆哮！

遙 士伸

【目次】

プロローグ

歴史は作られるものではない。創るものである。そこには人の意思が介在し、ときには強い野望や欲望が大きなうねりを引きおこす。

人それぞれの存在は調和と対立の上に成りたち、それゆえ生みだされる未来は千差万別の予想のつかないものとなりうる。

しかし、はっきりと言える真実がある。

歴史を記すひとつひとつの文字は、男たちの血と涙と汗の結晶であり、歴史を形成する数々の事象は、魂と魂のぶつかりあった結果であると。

そして、歴史とは言いかえれば戦史そのものであり、それは繰りかえすことであると。

世界はその七割を海が占める。よって、海を制する者が世界を制す。七つの海を支配する者が、世界の支配者たらんとす。

一六世紀に無敵艦隊を誇ったスペインしかり、それを撃破してとって代わったイギリスもしかり。

そして現在、日本はその覇権争いの真っただ中にあった。

時代は力を求め、また力がなければ独立と尊厳が保てない、厳しい時代だった。

そして、海の力とは巨大な砲を据えた大艦、すなわち戦艦にほかならなかった。

浮かべる城や海上要塞といった異名をとる戦艦は海上だけではない、国家の力そのものの代名詞であり、太く長い砲身を並べた堂々たる姿は、国家の威信の象徴だった。

今、その戦艦に命を懸けて乗り組み、全身全霊を傾注して巨砲を操ろうとする男たちがいる。

新たな歴史はここから始まる。

一九〇五年五月二七日　対馬沖

「敵艦見ゆとの警報に接し、連合艦隊はただちに出撃、これを撃滅せんとす。本日天気晴朗なれども波高し」

「皇国の興廃、この一戦にあり。各員一層奮励努力せよ」


日本は大陸進出をめぐってロシアと戦っていた。

徳川幕府による二〇〇年をこえる鎖国は、独自の文化と歴史をはぐくんだが、その一方で世界の趨勢《すうせい》に乗りおくれ、後進国として取りのこされる悲哀を招いた。


近代化の度合いというものは、軍事力と国家間の力関係に直結する。

そのため、開国後の日本は欧米列強との間でさまざまな不平等条約締結を強いられ、いわれのない干渉を受けてきた。

涙をのみ、血を流してそれらに耐え、払拭《ふっしょく》の炎を内に燃やしつづけてきた日本は、富国強兵政策を推しすすめ、国力増強をはかってきた。

欧米列強に追いつき、追いこせと、躍起《やっき》になって近代化を加速させてきた日本にとって、対露戦争は大きな賭けであるとともに、自身の力を測る格好の試金石だった。

その戦争の勝敗を左右する分水嶺となるべき戦いが始まろうとしていた。

世界最強を謳《うた》われるロシア海軍のバルチック艦隊を、日本海軍の連合艦隊が迎え撃とうとしていたのである。

陸海両面からの攻撃で壊滅した太平洋艦隊を補うべく、ロシア皇帝は手元に残っていたバルチック艦隊に地球を半周する大遠征を命じた。

バルチック艦隊のウラジオストック入港を許せば、大陸にいる日本軍は再び海からの脅威に晒《さら》される。それどころか、日本海の制海権を奪われてしまえば、補給が途絶して戦うこと自体がままならなくなってしまうのである。

逆にロシア軍としても、バルチック艦隊を失ってしまえば、もう海軍に手駒はない。

日本軍は続々と本土から兵や物資を大陸に送り込んでくるだろうし、沿岸一帯は完全に日本軍に掌握されてしまうだろう。

この海戦はまさに日露戦争そのものの大勢を決する最終決戦と言ってよかった。

海軍少尉候補生高野五十六――のちの山本五十六は装甲巡洋艦『日進』の艦長付きとして、その渦中にあった。

少尉候補生という見習いの立場ながら、戦闘詳報作成を命じられて前艦橋に入ることを許された高野は幸運だった。海軍に入って、そうそう主力艦艇の中枢に、しかも国家の命運を懸けた一大決戦に立ちあえることなど、まずない。

この一分一秒が高野のその後の海軍人生に大きな影響をおよぼしていくのである。「貴重な」などという言葉では言いあらわせない代えがたい経験だった。

言い意味での緊張した空気が流れていた。将兵の表情は引き締まり、戦う男の気概が満ちていた。

「しっかり見ておけよ、高野候補生」

「はい」

艦長の言葉に、高野ははやる気持ちを鎮めた。緊張して動けなくなるというよりは、興奮のあまりに我を忘れるほうが怖かった。

「あれがバルチック艦隊か」

高野の双眸《そうぼう》は、水平線の向こうから続々と現れる魁偉《かいい》な姿を捉えた。

石炭を燃料とする機関が一般的な今、不完全燃焼による煤《すす》は多く、排煙はどす黒いのが普通である。排煙を頼りに探せば、敵艦の発見は比較的容易だった。

その排煙を引きずるのが、鋼鉄の艨艟《もうどう》たちである。遠目にはよくわからないが、門数や配置に違いはあっても、大型の砲を積んだ戦艦であることはたしかだ。

先頭をゆく将旗を翻《ひるがえ》す艦が、敵将ジノウィ・オエトロウィッチ・ロジェストウェンスキー中将が座乗する旗艦『スワロフ』に違いない。

「いける!」

高野は直感した。

世界一の相手に苦戦は覚悟の上だったが、高野は光明を見出した。

敵は指揮官先頭の原則を守ってはいるものの、後続艦の足並みが揃っていない。

砲戦ならば、しっかりとした単縦陣を組んで、敵に一糸乱れぬ砲撃を浴びせるのが理想だが、敵はそれができていない。

あれでは砲撃にむらが生じ、目標の設定や割りふりにも支障が出るはずだ。なにより、ああした状態は敵の精神的な乱れを表している。

(武運、我にあり!)

高野は胸中でつぶやいた。

だが、砲戦はさらに予想もしない展開をみせた。東郷平八郎長官が座乗する旗艦『三笠』が、取舵を切って回頭しはじめている。

「なんだ!」

高野は目をしばたたいた。

しかし、何度見ても『三笠』の様子は変わらない。

しかも回頭する艦首は元に戻るどころか、さらに角度を深めて第一戦隊六隻の殿《しんがり》に位置する『日進』に対して、左舷の横腹すら向けようとしている。

敵前で回頭するなど、これまでの砲戦常識では考えられなかったことだ。

「長官は奇襲をかけようというのか？　それとも」

考えをめぐらせているうちに、二番艦『敷島』、三番艦『富士』が『三笠』の航跡を追っていく。

当然、左回頭である。

これで連合艦隊はバルチック艦隊の面前を横切る針路にのった。

『日進』も続く。前後部に一基ずつ搭載している二〇センチ連装砲塔のうち、前部砲塔は時計回りに、後部砲塔は反時計回りに旋回して右舷を睨《にら》む。

「これか」

東郷長官の狙いが読めた。

連合艦隊の戦艦に限らず、この当時の戦艦は主砲を前後に分散配置しているのが一般的である。

当然、前方向には前部の、後ろ方向には後部の主砲しか射撃できない。全力射撃できるのは敵艦と同航するか、反航しての一定の時間に限られる。

それを東郷長官は初手《しょて》で、しかも敵にはさせずしてやってのけようとしたのだろう。

さらに……。

『三笠』が砲戦の火蓋《ひぶた》を切った。口径三〇・五センチの砲四門が吼《ほ》え、うなりをあげて巨弾が宙を貫く。

『三笠』はこの海域にある戦艦では、最新で最大の戦艦である。

その『三笠』をもって敵旗艦を沈め、海戦を有利に進める。すなわち、大将対決を制して勝負の流れを引き寄せる。

高野だけではなく、ほとんどの将兵がそのように考えていたのだが。

「ぬう」

高野は小さくうなった。

敵旗艦『スワロフ』の周囲が沸きあがったかのように、弾着の水柱が相ついだ。

それは『三笠』の砲撃によるものだけではなく『敷島』『富士』の砲撃も重なっているようだった。

「そうか」

「なぜこんなことに気づかなかったのだろうか」

と、高野は首をひねった。

敵に舷側を向けて、持てる最大の火力を叩きつける。さらに直進する敵の頭、つまり一番艦に複数の艦で集中射を浴びせる。

最適、最良、まったくもって理にかなった戦い方と言える。

『スワロフ』も反撃の砲火を閃《ひらめ》かせたが、もうこうなっては挽回の余地はない。

さほど時間を要さずに『スワロフ』は炎の塊《かたまり》となり、早くも大傾斜して沈んでいく。

戦術も鮮やかだったが、巨砲の威力は畏怖を覚えるほどのものだった。

本格的な海戦という意味では、日本海軍は日清戦争時に黄海海戦などを経験してきたが、その際に活躍したのは一発あたりの威力に優れる大口径砲ではなく、むしろ一発あたりの威力は劣るが、発射速度の速い中小口径の速射砲だった。

しかし、今の相手はそうはいかない。

『スワロフ』ほどの重防御の大艦を沈めるには、速射砲では無理だ。たとえ戦闘力を削いだにしても、厚い装甲を破って沈めるほどの打撃を与えられるとは、とうてい考えられない。

それを『三笠』の三〇・五センチ砲は、いとも簡単にやってのけた。

測的精度や砲弾などの関連装備や手段が進歩し

たことも寄与しているのかもしれないが、巨砲の威力をまざまざと見せつけられて、山本は時代の変化というものを感じた。

『三笠』は目標を切り替えて、一隻、また一隻と仕留めていく。

比較的小型の『日進』も砲撃に加わっているが、貢献度は低い。海上の覇権争いは巨砲を積む大艦によって争われているのだ。

「また爆沈だ」

今度は、やや旧式の『ナワリン』『ニコライ一世』が爆発の末に沈没した。

海戦は日本海軍連合艦隊の圧倒的優勢のまま進んだ。

隻数、砲の門数とも数の上では優位なはずだったロシア・バルチック艦隊の敗因は、戦術が拙劣だったり、個艦ごとに劣勢だったりしただけではなかった。

実は勝敗にもっとも影響したのは、将兵の練度と戦意だった。

日本海軍連合艦隊の将兵は、本土近海での決戦という危機意識と国防への意欲から士気は非常に高く、戦意も旺盛だった。

それに比べて、ロシア・バルチック艦隊の将兵は一万六四〇〇海里におよぶ大航海で疲労困憊《こんぱい》し、また首都から遠く離れた「僻地」での戦いに、戦意はどん底を這うまで失われ、暴動寸前まで士気も低下しきっていたのである。

しかし、このままただ終わらないのが戦争である。

昼があれば夜もある。光があれば影もある。

砲戦開始当初とは違って、敵味方も多少入り乱れはじめている。

こうなると、殿《しんがり》の『日進』に飛来する砲弾は多い。前後左右に白濁した水柱が噴きあがり、崩壊する水塊が高波となって甲板を洗っていく。

　時折、被弾の衝撃に艦が揺らぎ、金属的な残響が脳内を突きぬける。

「来る！」

　殺気めいた気配を感じて高野は身構えた。

　独特の甲高い風切音を伴って、黒い影が視界に飛び込んだ。

　次の瞬間、けたたましい炸裂音が響き、高野の視界が激しくぶれた。

「！」

　火箸で突かれたような鋭い痛みが高野を襲った。激痛だった。

　意識が飛びそうになったが、高野は強靭《きょうじん》な精神力でそれを離さなかった。

「大丈夫か！」

　敵弾の炸裂と飛びちった弾片に、『日進』の前艦橋は修羅場と化した。

　血を噴きだして倒れ込む者がいれば、泡を吹いて意識を失っている者もいる。

　苦痛に顔をゆがめたり、鮮血を滴《したた》りおとしたりしている者は数限りない。

　高野の負傷も尋常ではないことが、すぐにわかった。身体の外見そのものが変わっていた。

「高野！」

「なんのこれしき」

　高野は自ら手ぬぐいを取りだして患部を縛った。左手と左の太腿にあてた白い布が、みるみるどす黒く染まっていく。

　大量の出血で血圧が低下し、高野はついに膝をついた。

「高野っ、高野！」

　日本海海戦と命名されたロシア・バルチック艦隊との戦いに、日本海軍連合艦隊は海戦史上、稀に見る完勝を収めた。

その陰で、後の山本五十六こと高野五十六少尉候補生は一命こそとりとめたものの、左の人差し指と中指、それに左足の太腿を欠損するという重傷を負った。

戦争は甘くない。命を懸けるというのは、まさにこういうことなのだと、高野は海軍人生の初頭で大きな教訓を得たのだった。

海戦を制するには強力な戦艦が必要である。できるだけ大きな艦に、できるだけ大きな砲を載せる。そうした艦を持つことが海戦勝利への最短切符である。

日本海海戦は世界各国の海軍に「大艦巨砲主義」の信奉を決定づけた。

そこに、少尉候補生として参加した高野は、いずれ自分が大艦巨砲主義の最盛期に数奇な運命をたどるであろうことを知る由もなかった。

某日　太平洋上

巨大な砲列が海上を圧していた。

鈍色《にびいろ》の光沢を放つそれは、力の象徴であり、国威そのものとも言えた。

砲声は殷々《いんいん》と海上を押しわたり、巨弾が豪快に海面を抉《えぐ》る。

白濁した水柱は天まで昇らんかの勢いで突きあがり、崩落する水柱が轟音を立てながら海面に帰結する。

（威風堂々というのは、まさにこういうことなのだろうな）

巡洋戦艦『蓼科《たてしな》』の方位盤射手を務める渡良瀬《わたらせ》欣司《きんじ》特務少尉は、波濤《はとう》を蹴りながら進む艦列を思いうかべた。

いざ砲戦となれば、測的手を兼ねる渡良瀬が僚艦を目にすることはできないが、外から見ればさぞや壮観な光景であろうことは容易に想像がつく。

菊の紋章を戴いた全長二〇〇メートルを超える巨体に、ひとつひとつが要塞を思わせる巨大な主砲塔を載せた戦艦が幾隻も連なり、白波を蹴立てながら同時に、あるいは交互にまばゆい発砲炎を閃かせる。

血沸き肉躍る光景である。

戦艦は国威発揚の象徴的存在であると同時に、国益の確保に欠かせない艦だった。

国が発展するか否か、それは戦艦を持つかどうかにかかっていると言っても過言ではない時代だった。

アジアの盟主であり、世界の大国を自認する大日本帝国は、当然、その戦艦建艦競争の真っただ中にあり、アメリカやイギリスとしのぎを削っている状況にあった。

日本海軍自慢の八八艦隊はこうした時代の申し子であり、太平洋の制海権を己がものとするために、宿敵アメリカ戦艦との砲戦を義務づけられた存在だった。

八八艦隊の詳細は後述に譲るが、渡良瀬が乗り組む『蓼科』は、その八八艦隊計画のなかで最終計画艦である穂高型巡洋戦艦の二番艦として、この世に生をうけた艦だった。

（世界最強の砲を預けられている以上、無様《ぶざま》な真似は見せられんからな）

渡良瀬は呼吸を整えた。

穂高型巡洋戦艦は世界で初めて口径四六センチの大口径砲を搭載した戦艦だった。

四〇センチ砲搭載の従来戦艦に対して、砲弾重量はざっと五割増しになり、運動エネルギーの法則から威力は倍を超える桁外れの破壊力を秘めた戦艦だった。

敵であるアメリカもイギリスも、いまだもって四六センチ砲搭載戦艦を手にしていない。

つまり、穂高型巡洋戦艦はアメリカとイギリスとの戦争において切り札的存在となる。

海兵団に入ってから、砲術一筋で鍛練を重ねてきた渡良瀬は、この道を究《きわ》めて海軍一の鉄砲屋になることを夢見てきた。

階級こそ江田島出の士官にはとうてい及ばないが、可及的速やかに目標を正確に撃ちぬくという砲術技量では抜きんでている。

この『蓼科』の方位盤射手に任命されたということは、上も渡良瀬の腕を認めたという証拠にほかならない。

最高の栄誉である。恥ずかしいことはできない。

艦が増速した。いよいよ砲戦開始への秒読み段階である。

今ごろは、改装によって延長された艦首が鋭く海面を切り裂き、虹色の飛沫が盛んに飛びちっていることだろう。

穂高型巡洋戦艦は戦艦という名がありながら、巡洋艦に近い縦横比の大きい流麗な艦体を持ち、それが発揮する三〇ノットクラスの高速力も大きな武器である。

『穂高』『蓼科』『笠置』『鞍馬』と四隻が竣工しているが、このうち『蓼科』だけは試験的に設置された新式の九八式方位盤を載せた曲線的な筒状の艦橋構造物を持ち、支柱で組みあげられた櫓《やぐら》のような艦橋構造物を持つ三隻とは艦容が異なる。

この近代的な艦橋構造物と前後にバランスのとれた兵装から、『蓼科』は日本海軍史上、もっとも美しい艦と形容されることもある。

自慢の連装四基計八門の四六センチ砲は、仰角《ぎょうかく》を上げて目標を睨んでいる。

「初弾必中の覚悟で臨む」

砲術長の家村壮治郎中佐の言葉には、かすかな気負いが感じられた。とはいっても、家村だけではなく、渡良瀬をはじめとして『蓼科』の乗組員の大半が、意識せざるをえないことがあった。

新鋭戦艦『大和』『武蔵』の存在である。

『大和』『武蔵』はポスト八八艦隊計画艦として設計、建造された新世代の戦艦だった。

巡洋戦艦として位置づけられた穂高型と違って、防御力は完全に対四六センチ砲のものとなり、基準排水量は空前の六万四〇〇〇トンに達する。

これは日本海軍で最大だった穂高型巡洋戦艦のざっと四割増しに相当する大きさだ。

そして、搭載する砲も四六センチ砲が三連装三基と、これも穂高型巡洋戦艦を上まわる。

当然、給弾機構や測距、管制関連装備も改良が進んだ最新のものを積んでいる。

したがって、『蓼科』ら穂高型巡洋戦艦は少なくとも仕様上は、世界最強の座を滑りおちたことになっていた。

しかし、そうそう簡単に世界最強の称号は渡せない。

持てる装備が多少劣っていたにしても、経験では自分たちがはるかに上だ。技量が優っていれば、総合戦闘力という意味では自分たちが上まわる。

そう信じる者が少なくなかった。

「ぼやぼやしている暇はないぞ。一発めから当てていく。そのつもりで。いいな」

「初弾必中。連中の度肝を抜いてやりましょう」

「その意気だ」

光学レンズを通して目標を追いながらの渡良瀬の応答に、家村は微笑した。

こうした会話ができるのも『蓼科』の良いところだと渡良瀬は見ていた。

家村砲術長は自分たち叩きあげの者にも分けへ

だてなく接し、優秀な技量ははっきり優秀だと認めてくれる。

　上からの命令をただ下に押しつけるのではなく、自分たちの意見を吸いあげて、良いものは採用するよう上に働きかけもしてくれる。

　理想の上官と言っていい。

　さらに、『蓼科』は旗艦設備を持つものの、二番艦という位置づけが「功を奏して」戦隊や艦隊司令部のお偉方が乗ってこない。

　そうしたお偉方がいるために、不必要にぴりぴりした雰囲気になるのはご免だった。

　こうした恵まれた環境にあって、結果を出せないのでは罰が当たる。自分の能力以上のものを発揮してみせると、渡良瀬は唇を引きむすんだ。

「装填よし」

「測的よし」

「射撃準備完了」

　報告がひとつひとつあがるたびに、緊張感が増していく。

　自然に鼓動は高鳴り、脈打つ血流が速くなる。

「砲戦距離に入りました」

「撃ち方始め！」

「撃《て》え！」

　刹那《せつな》、目もくらむ閃光が視界を裂き、めくるめく発砲炎が右舷海上を灼熱の空間に変えていく。強烈な爆風が海面を叩き、どす黒い煙塊が砲口から吐きだされていく。

　『蓼科』は『大和』『武蔵』に先んじて発砲した。

　日本海海戦以来、連綿と続く日本海軍水上部隊の伝統と栄光をのせた巨弾が、再び放たれたのだった。

第1章　満州国建国

一九〇五年九月一二日　満州里

ロシア兵の姿は完全に消えていた。

大地を揺るがす砲弾の弾着音がなければ、さんざん日本兵の行く手を阻んだ機関銃の連射音もない。当然、銃剣を閃かせて肉弾戦を挑むことも、もうない。

ロシア軍の影は、遠く北方に去ったのである。

アメリカの仲介によって、アメリカ東部ニューハンプシャー州の港湾都市ポーツマスで講和条約が結ばれてから一週間が経つ。

はじめの数日こそ散発的な戦闘が残ったものの、ロシア軍は比較的整然と、迅速に戦闘地帯から引きあげていった。

「いやあ、あいつら、本当にいなくなりやがったか。信じられんな」

「俺たち、本当に勝ったんだな。あの恐ろしい連中に」

最前線で戦ってきた兵にとっては、こうした会話はたしかに本音のものだったかもしれない。

楽な戦争などない。命のやりとりをする戦場においては、うわついた気持ちでなど行動できない。常に死に物狂いで動かなければ、生き残れないのが戦場なのだ。

しかし、そうした狭義の視点ではなく、大局的な目で見れば、日露戦争は日本の大勝で終わったというのが正確な見方だった。

開戦当初は日本の勝利を予想する声は少なく、世界の軍関係者は九割以上、ロシア優勢と見ていた。しかし、いざ蓋《ふた》を開けてみると、すべてが違った。

極東の島国であり、小国である日本など、簡単にひねりつぶせる。大国ロシアには手も足もおよばない。およぶはずがない。

ロシア軍にそうした油断と隙、侮《あなど》りがあったため、ロシアは緒戦で大きくつまずいた。

軍の装備も編成も整わないうちに日本軍の奇襲を食らったロシア軍は、各地で敗走を余儀なくされた。

たしかに、日本軍に比べてロシア軍は装備も人員も上だったかもしれない。しかし、それらが有効に前線で機能しなければ、軍としては成り立たない。

逆に日本軍は緻密な計画と正確な遂行で、自分たちの力を完全に出しきれるように機能していた。

さらに、将兵の覚悟と気力、死をも恐れぬ敢闘精神は、ロシア軍将兵と比べるまでもなかった。

いったん崩れた戦線を立てなおすのは容易ではなく、ロシア軍の防衛線は崩壊につぐ崩壊を重ねた。

当初、激戦地になると見られていた奉天や旅順は早々と日本軍が占領し、朝鮮半島に近い南部は日本軍が早期に完全掌握した。

戦場はもっぱら東部の沿海地方や北緯四五度より北となり、じりじりとロシア軍はシベリアへ追いやられていった。

そして、日本の戦勝を決定づけたのが、ロシア・バルチック艦隊を完膚なきまでに退けた日本海海戦の完勝だったというわけだ。

日本海の制海権を奪取した日本軍は沿岸地域か

らロシア軍を叩きだし、さらに本土から絶え間なく送り込まれる物資と兵によって、日本の大陸派遣軍は充実の一途をたどった。

もはやロシア軍が、日本軍を南へ押しもどすことは不可能だった。

日本軍は北東のトウアンや北西のハイラルを掌握し、さらにハバロフスクやイルクーツクといった要所への北進もうかがわせたところで、ポーツマス条約が締結されて、日露戦争は終結した。

日本はこうして大陸への足場をしっかりと固めたのだった。

同日　樺太・オハ

海軍少尉候補生、吉田善吾は現地調査団の一員として、北海道の北に浮かぶ樺太《からふと》のオハと呼ばれる地域を訪れていた。

もちろん、一員とは言っても、士官見習いの立場にある吉田の仕事は、上官のお世話や議事録を残したりするものにすぎない。

ただ、それでも内地で教育を受けたり、訓練をしたりしているよりは、ずっとやりがいがあると吉田は見ていた。

吉田は日本海海戦に加われなかった。江田島の席次では自分より下の高野五十六が、装甲巡洋艦『日進』に乗り組んで意気揚々と出撃していったのは、吉田の自尊心をおおいに傷つけた。

結果的に高野は重傷を負って帰還したが、それでも大国ロシアとの一大海戦に参加したという高野の経験は代えがたいものだと吉田は思う。

その「遅れ」を取りもどす意味でも、目に見える働きをして、上にアピールしなければならないと、吉田は考えていた。

まだまだ内地では夏の暑さも残る九月半ばであ

ったが、北緯五〇度を超える樺太北端に近いオハに吹く風は、すでに冷たかった。

海軍関係者の表情は明るかった。

中国大陸東北部の実効支配を確立したという意味で、日本国内では大陸での実績ばかりが大きく取りあげられていたが、日本海軍にとってはそれよりも樺太全域の確保のほうが重要な価値をもっていた。

仮に北緯五〇度あたりを境界として、南半分のみの割譲だったとすれば、このオハは手に入らなかった。

「この下に、それだけの宝があるというのか」

吉田は荒涼とした樺太の大地を見渡した。

なにもない冷涼な原野にしか見えないが、ここには今後の国家活動や軍事作戦を大きく支えるであろう原油が眠るとされていた。

現在、海軍の艦艇を動かす主燃料は石炭が主流だが、遠くない将来にそれは石油に取って代わると言われている。

石油は石炭に比べて燃料効率が高い。液体であるぶん積載や取り扱いの点でも有利であり、燃料としての総合効率は石炭を大きくしのぐと見られている。

そうした流れのなかで、このオハ油田が手に入ったのは、日本海軍にとって最大の成果だったかもしれない。

油田とはいっても、まだ試掘が始まったにすぎないが、推定埋蔵量は五〇〇〇万トンとも一億トンともいわれている。

それを海軍は年あたり二〇〇万トンを吸いあげて精製するという、壮大な計画を立てた。

正直、艦艇の機関が石油を燃料とするものに代わっていないためにぴんとこないが、その筋の試算では年単位で海軍の全艦艇を動かせる量だと見積もられているらしい。

さらに、軍事的側面だけでなく、エネルギー政策は国家の存亡を左右する要素のひとつである。日本の領土は狭く、産出する資源は少ない。いざ戦時になって輸入が滞《とどこお》れば、たちまち国家の活動そのものが立ち往生する可能性すらある。

そんな国家事情のなかで、大規模油田を獲得できたのは心強い。

日本は日露戦争勝利で世界を驚かせただけではなく、着実に世界の大国への階段を上っていた。しかし、それがまた新たな軋轢《あつれき》を生むことになる。それはすでに目前に現れていた。

一九〇五年一二月一二日　佐世保

日本海海戦の勝利の立役者であり、終戦後に軍令部長に転任した東郷平八郎は、修理・整備中の戦艦『三笠』を仰ぎみていた。

東郷が将旗を掲げて対馬沖を奔走した『三笠』は、ロシア・バルチック艦隊からの砲撃で受けた傷跡を、まだ生々しく残していた。

大勝した日本海海戦だったが、先頭を行く『三笠』には敵の砲撃が集中し、さすがに無傷で帰還とはいかなかった。

東郷は丹念にその傷跡を眺めながら、ゆっくりと歩を進めた。

無論、勝利の余韻に浸っていたわけではない。東郷の胸中では、早くも次の敵影が忍び寄ってきていた。

(ロシアは叩いた。だが、このままいけば欧米諸国はすべて敵にまわると見たほうがよさそうだな。特に近いうちに、アメリカとは次の決戦を争うことになるやもしれん)

東郷は日本の未来を言いあてていた。

ロシアとの戦争がようやく終わったとはいえ、日本は国家間の対立と策謀が生みだす濃霧に覆われたままだった。

国民の不満は鬱積《うっせき》し、一部にはすぐにでも開戦をと過激な主張を発する者もいると聞く。

問題は明白だった。日本がロシアから「勝ちった」はずだった大陸の扱いである。

北緯五〇度付近を流れる黒竜江を北端に、西は東経一一五度、南は北緯四二度、ウスリー川に沿った東経一三二度から一三五度を東端とする広大な地域に、日本は勢力圏を伸ばした。

当然、日本としてはそこを植民地と考えた。入植者を多数、送り込んでインフラを整備し、開発を進める。

鉄鉱石や石炭など、すでに確認されている埋蔵資源もあり、その採掘を加速させる。初期投資はふくらむかもしれないが、すぐにそれはありあまる利潤となって返ってくるはずだ。

日本は、この満州地方に過剰なまでの期待を抱いた。

日清戦争後の三国干渉で悔し涙を流したのは、もう過去のことである。欧州の大国を自分たちは負かした。今度は自分たちが大国になる番だ。欧米列強に追いつき、追いこすときが来たのだ。

日本国民の多くが熱狂し、歓喜した……はずだった。

しかし、帝国主義の世界はそうそう甘くなかった。まっさきに待ったをかけたのが、ロシアとの講和を斡旋してくれたはずのアメリカだった。

「中国大陸東北部からロシア軍は撤退したが、同地方は日本のものではない」

このアメリカの主張に、日本の政府と軍は耳を疑った。

たしかにポーツマス条約には、同地方に日本の領有権がおよぶとは謳われていない。

だが、血を流して勝ちとったはずの土地が自分たちのものにならないとは、どういうことなのか。

アメリカの言い分としては、もともと同地は日本とロシアの二国間で争うべき地域ではなく、その扱いは別途、国際社会に委ねるべきであるという。

アメリカが日本とロシアの仲介に出たのは、戦後のこうした流れを意識してのものだった。極端な言い方をすれば、日本を単独で戦わせておいて、ロシアという厄介な敵を追いはらったところで漁夫の利をかすめとろうということである。

当然、日本の世論は激昂し、沸騰した。

自分たちが血と命を代償として手に入れた土地を手放すことはない！

独仏露の三国干渉で遼東半島を奪われた二の舞いは御免だ。

しかし、戦勝で意気込む日本に、思わぬ向かい風が吹きつけた。なんと、同盟相手のイギリスまでが、アメリカの主張に同意したのである。

ここまで日本の躍進にイギリスが果たしてきた役割は、間違いなく多大だった。

艦艇建造などの技術援助や有利な提携関係の構築、他国との交渉にあたっての後ろ盾としての有形無形の圧力、さらに日露戦争においてもロシアへのさまざまな妨害工作や日本への機密情報の提供など、イギリスは日本の背中をおおいに支え、押してきた。

その頼みの綱のイギリスに「裏切られた」という衝撃は、日本全体を動揺させた。

イギリスが日本と同盟を結んだもっとも大きな理由はロシアへの対抗のためであり、その意味でロシアを叩いた今、同盟の意義は薄れていた。

また、ロシアとの戦争で日本が勝つことを望んでいたが、ここまで一方的に日本が勝って力をつけるとはイギリスも予想外であり、本音では望んでいなかった。

日本は勝ちすぎたのである。

こうして、日本の対米英感情は急速に悪化している。強硬な世論に押されて、陸軍は大陸への駐留を続けているが、それもいつまで続けられるかどうか。

(アメリカ、下手をすればイギリスとの戦争も近い。そのためにも、強力な艦隊の整備は必要不可欠だ)

東郷の胸中では、自分が指揮した『三笠』以下の連合艦隊を数段上まわる大艦隊が動きだそうとしていた。

(純国産の戦艦をまずは八隻、さらに世界でも最大最強となるような戦艦をさらに八隻。最低でもこのくらいは必要かもしれんな)

偶然か、時の流れが導く必然か。後の八八艦隊に通ずる構想は、このとき早くも立ちあがろうとしていた。

一九〇八年七月四日　ホワイトハウス

アメリカ合衆国第二六代大統領、セオドア・ルーズベルトは皮肉めいた顔を向けていた。

「極東民族も思ったより粘るものだな。我々が脅せば、さっさと尻尾を巻いて逃げだすかと思ったが。三年も粘ったあげく、こんな奇手を繰りだしてくるとはな」

時折、苦笑とも嘲笑《ちょうしょう》ともつかない笑みを見せるルーズベルトとは対照的に、国務長官エリフ・ルートの表情は硬かった。

「連中は弱腰の少数民族ではなく、我々が考えていたよりも、はるかに狡猾《こうかつ》でタフな者たちだったようです。

かつて独仏露の三国干渉によって、清から勝ちとったはずの領土を返還させられた苦い経験もありましたから、ある程度、他国の反発も織り込み済みだったのかもしれません」

中国大陸東北部——満州の問題に対して、日露戦争終結時点から、アメリカは日本の領有を否定して、速やかな撤兵を求めてきた。

無論、日本がなんの抵抗もなくおとなしく引きあげるだろうとはアメリカも思っておらず、はじめはやんわりと、そして徐々にその圧力を強めてきたつもりだった。

アメリカの要求に対して、日本はしばらくは「満州地域は戦勝で自分たちが手にした地域である」と、正当な主張を繰りかえしていた。それが通らぬと見てからは、「居留民の保護」や「機密事項の隠匿や廃棄」などを理由として、撤兵を先延ばしにしつづけた。

一年を経過した時点で、アメリカは自国の主力艦隊に太平洋を横断させ、「親善訪問」という名の黒船来航の再現も試みたが、日本は頑として動じず、大陸に兵を残したままだった。

そこで、ルーズベルトは日本からの入国制限や小麦や綿花など食料品の対日輸出制限をかけたりしたが、日本の態度は基本的に変わらなかった。

いよいよこうしたやり方では手ぬるいと、ルーズベルトが在米対日資産の凍結や鉱工業製品の輸出制限といった、より踏み込んだ経済制裁を断行しようとした矢先のことだった。

日本もこれ以上は引き延ばせないと感じていたのだろう。日本はなんと、係争地帯を満州国として独立させるという奇策に出たのである。

「ちょうどまわりがもめていて、連中にとっては好都合でしたから」

ルートは苦々しく吐きだした。

辛亥《しんがい》革命と中華民国の成立、清朝滅亡と、中国一帯は激動していた。

そこで、清朝の流れを汲む国家として満州国ができあがったと、日本は主張したのである。

もちろん、それをアメリカが「はい、そうですか」と受け入れるはずもない。

「我が合衆国の独立記念日にぶつけてきたというのも、挑戦的で気に入らんな。いっそのことひと思いに叩きつぶしてしまえば……」

「それはいけません」

ルートは言下に否定した。

「そんなことをすれば、我々が横取りしただけだと、国際社会の非難が今度はこちらに集中してしまいます」

「それを承知で、かつてロシアがやったのを真似てはどうかな。日本にマンシュウを中国に返還させて、それを合衆国が租借する。文句のある国がいれば、かかってこいと。我々の軍事力があれば、どこがこようと敗れることはあるまい」

ルーズベルトはうそぶいた。

「軍事に関して自分は専門外ですので、なんとも申しあげられませんが、仮に勝てるとしても、そのような強硬論には賛成できません。

今後のことを考えますと、程度はどうあれ、我が合衆国がここでなんらかの傷を負うことは得策ではありませんし、議会も許さないでしょう。

自分も大統領も国際問題の解決以前に、国内問題に足をすくわれかねませんから」

「わかっているよ」

ルートの戒める眼差しに、ルーズベルトは肩をすくめた。

いくらなんでも対日戦を今、仕掛けようというのは、話が飛躍しすぎていると自分でも思う。

ただ、帝国主義の残像がまだ見えるこの時代に、しかも取るに足らない小国だったはずの日本が、新たに広大な領土を手に入れるのを看過するわけにはいかない。

そもそも欧州各国がこぞって侵略し、搾取しつづけてきた中国に、アメリカは出遅れたのである。アメリカが今後世界の頂点に立って、その座を揺るぎないものにするためには、まだなお勢力圏の拡張が必要だ。

ルーズベルトは国威と自分の名声とを重ねみていた。

「アメリカ合衆国を世界一の大国にした偉大な大統領」「世界をしたがえた合衆国史上、最高の指導者」

そのように後年評されることを望んでやまないルーズベルトだった。そのためにも軽はずみに過激な行動に走って、道を踏みはずしてはならない。

「焦《あせ》って突出するのではなく、まだ当分はじわじわと日本に圧力をかけ続けるべきです。あくまでマンシュウは、日本が『自主的に返上した』としなければなりません」

ルートの言葉に、ルーズベルトはゆっくりとうなずいた。

一九一〇年六月二日　新京

ともに海軍大尉の階級章をつけた高野五十六改め山本五十六と吉田善吾は、視察団の一員として満州国の首都・新京に招かれていた。

「変えようと思えば、変わるものだな」

吉田はそびえ立つ複数の高層建築物を見あげた。いずれも真新しい塗料のにおいがするようだ。

そのまわりも、いかにも最新という空気を漂わせる色つきガラスの建物や、変形の屋根や扉を持つモダンなデザインの建物が並んでいる。

つい数年前までは、粗末な土壁の家や雑木林が点在していただけのところとは思えない変わりようだった。

さらに二人の双眸《そうぼう》に奇異に映ったのは、その街を行きかう人々の姿である。

土着の満州民族はもちろん、日本人や朝鮮人を加えた黄色人種だけでなく、肌の白い者や黒い者らも散見される。

ここはどこかと、目を白黒させられる光景である。日本国内ではありえない光景だった。

「これが多民族国家か」

「国策だからな」

吉田の声に山本が続いた。高野五十六は名家・山本の姓を継いで、山本五十六と名を改めていた。

満州国は国家の早期発展を狙って、世界各地からの移民の受けいれと定住促進をはかっていた。

移住のための資金援助と国籍を与えることは当然として、住居取得への優遇策や職業の斡旋、資格や技術を持つ者には国から手当を出したり、国家公務員としての身分と職を保証したりと、さまざまな政策を矢継ぎ早に打ちだして、人口の拡充をもくろんでいた。

国家の発展には、経済力が欠かせない。

経済力をつけるにはまず労働力、すなわち働く人が必要だ。

これが、満州国の基本政策だった。

全世界的に流浪の民とされるユダヤ人の流入を招くなど、一定の成果を収め、さらにその流れは加速している。

ユダヤ人の中には、ひときわ優れた科学者も含まれている。それは後々の技術開発に貢献する可能性を秘めていた。

「うまくいっていると見るべきかな。このまま我が国にも相乗効果が」

「いや、それはどうかな」

目を細める吉田に、山本は首をかしげた。

「満州という国を見れば、まだ厳しいことに変わりはない。首都だけ栄えても、それだけでは成功したとは言えない。対外的な問題もあるしな」

山本が懸念するのも、もっともだった。

「希望の国」と銘打った満州国だったが、問題は山積していた。

首都新京こそ整然とした街並みが揃うも、一歩出れば見渡す限りの原野であり、インフラ整備や都市開発には多額の予算が必要だった。

また、「満州国」と見せかけの呼称をつけて体裁を整えようとしても、日本の傀儡《かいらい》にすぎないものは断じて認められないとのアメリカを筆頭とする欧米諸国の非難もやまなかった。

日本と満州は我慢のときだった。


「貴様の言い分は『満州国は失敗』か。金をつぎ込んでもつぎ込んでも、底なし沼にはまる借金地獄か」

「いや、そうは言ってない。あくまで今を見ての感覚だ。はじめからそうそうとんとん拍子にうまくいくはずもなかろう」

そこで、山本はぐるりと周囲を一望した。

「五年後には借金を返してくれる。一〇年後には倍にしてな。無限の可能性を秘めている。それが満州さ」

たしかに満州の発展は、はじめは局地的なものにとどまっていたかもしれない。地方への波及は進まず、心配する声も方々からあがりはじめていた。

しかし、そこに思わぬ僥倖《ぎょうこう》がふりかかる。

第一次世界大戦の勃発だった。

一九一四年六月二八日　サラエボ

　波紋はまた新たな波紋を呼び覚まし、やがてそれは手のつけられない大きなうねりに発展した。ボスニア・ヘルツェゴヴィナの首都サラエボで、セルビアの青年によってオーストリア・ハンガリー帝国の皇太子が暗殺されるというサラエボ事件は、関係各国の拙速な対応と錯誤によって、思いもよらぬ大きな戦争に発展していった。

　ドイツ、オーストリア・ハンガリー、イタリアの三国同盟とイギリス、フランス、ロシアの三国協商との対立は周辺国との複雑な同盟関係や依存も関係して、戦火は欧州一帯から世界各地に飛び火した。

　この世界大戦に日本は協商側に立って参戦し、地中海や大西洋に艦艇を派遣するとともに、ドイツ領であるパラオ、カロリン、マーシャル各諸島を占領した。

　しかしながら、この大戦が日本に及ぼした影響は、こうした実戦面以上に後方支援としての側面のほうが大きかった。日本は欧州方面で消費される物資の一大供給地と化したのである。

　平時では考えられない量の発注に、日本国内の工場はどこも休日返上のフル稼働となり、商社は猫の手も借りたいほどの忙しさとなった。

　日本経済は活況に沸き、さばききれない仕事や工場の拡張は満州にも広がった。大戦は日本と満州に莫大な利潤をもたらし、両国の経済力と国力を急伸させた。

　特に満州国の急拡大、急成長は目を見張るものだった。

　原野は近代的な工業地帯に早変わりし、細々と自給自足に近かった農家は大規模農業法人化したり、脱農して工場の経営にのりだしたり、貿易商に挑んだりする者も相ついだ。

もちろん、普通ならばそうした素人経営の零細企業など一瞬で消えるものだが、この時期は「出せば売れる」特別な時期だった。

砂漠に水が浸み込むように、戦争は貪欲に物資を飲み込みつづけたのである。

仕事とカネは、さらに人を呼び込む原資となり、新しい労働力が、さらにまた新たな仕事とカネを生みだすという好循環に満州国は乗った。

鉄道や道路の整備は毛細血管のように地方にいきわたり、近代的な街並みが満州各地に広がっていったのである。

一九一六年五月三一日　ジュットランド沖

轟音は戦艦『金剛』の艦内にも、はっきりと伝わった。

「え、英巡戦轟沈《ごうちん》。『インディファティガブル』のようです」

大西洋に派遣されていた新鋭戦艦『金剛』の舷窓から、海軍大尉山本五十六は「震源」へと目を向けた。

炎はすでにない。天高く昇る黒煙と舞いあがった飛沫の集まった水塊が見えるだけである。

つい、数刻前までそこにあったはずの何万トンという艦は、文字どおり一撃で消しとんだ。

『金剛』はイギリスの主力艦隊に混ざって、ドイツ艦隊の牽制行動に従事していた。

欧州戦線は陸戦が主体であるが、島国であるイギリスにとって制海権の確保は、国の生命線維持と同義語である。

海上輸送が途絶えれば、イギリスは途端に物資不足に陥って継戦能力を失う。

だからこそ、イギリスは海軍力の整備に余念がない。しかし、そのイギリスと肩を並べるドイツの艦隊と正面からぶつかることになるとは、誤算だった。

「敵はこんなに遠くから撃ってきたというのか？」

砲撃を浴びせてくるドイツ艦隊の姿は、舷窓から見えなかった。つまり、それだけ距離があるということだ。

各砲塔から有視界の近距離で撃ちあうという、それまでの砲戦常識からはかけ離れた戦術だった。

再び、異様な光が射し込む。

今度は近い。視界が真っ赤に染まったと思った直後、腹に応える轟音が押しよせた。

「ク、『クイーン・メリー』、轟沈！」

またもや巡戦である。

ちぎれた煙塊をぬうようにして、木端微塵《こっぱみじん》になった艦体の残骸が降りそそぎ、海面が夕立のようにざわつく。その一部は『金剛』の艦上にも到達して甲板や主砲塔を叩いた。

「信じられん。いとも簡単に」

「なんとあっけない」

呆然としたつぶやきが、どこからともなく聞こえてくる。

たしかに爆沈した二隻は、主砲火力は戦艦と同等でも、脆弱《ぜいじゃく》な装甲に目をつぶって速力を優先した巡洋戦艦である。

しかし、それにしてもあの沈没の仕方は異常である。まるで駆逐艦が戦艦の砲弾を食らったかのようだ。

海戦は戦艦あるいは巡洋戦艦どうしの砲戦に特化していた。双方とも中小艦艇は戦艦の護衛について、牽制しあう状況にある。

山本は副砲長として『金剛』に乗り組んでいた

が、砲廓式の副砲に出番はない。

山本は警戒を続けながら、つぶやいた。

「わかってはいた。わかってはいたのだがな」

山本は事の真相を理解していた。

遠距離砲戦と一発轟沈は必然的につながっている。敵は水平防御を特異的に狙ったのだ。

遠距離から放たれた砲弾は、高い放物線を描いて目標に到達する。弾着時の落角は当然深くなり、それは垂直装甲よりも水平装甲に及ぼす影響が大きくなる。

そこが、鍵となる。

艦艇は重心上昇を避けるため、上部に重量のある分厚い装甲を設けにくい。よって、水平装甲は脆弱で破られやすく、艦内に飛び込む敵弾は決定的な打撃を与えうる。

水上艦艇の構造と砲戦術に多少の心得があるものならば、この答えに行きつくことは難しくない。

では、なぜこうした戦術がとられてこなかったのか。簡単だ。目標が遠ければ遠いほど、命中率が下がるからだ。

打撃の効果云々以前に、当たらねば意味がない。だから、これまでの砲戦は各砲塔で個別に測距できる近距離の撃ちあいが常だった。

艦艇の防御といえば、垂直装甲にばかり目がいきがちだ。しかし、近年発達してきた観測技術や測距儀を駆使すれば、そうした「常識」を覆すことができるのではないか。

それをドイツ艦隊はやってのけたのである。敵将は予想もしない遠距離砲戦を挑んで、優勢なイギリス艦隊相手に戦術的勝利を収めた。

日本海軍はこの海戦で大艦巨砲主義の有効性を再認識するとともに、水平防御と砲戦距離の重要性という、新たな戦訓を持ちかえることができたのだった。

一九二〇年一月一日　満州

大陸の空気は身を切るほどの冷たさだったが、新年を祝う行事はそれと反比例するかのように、熱く盛大だった。

世界大戦は、日本も名を連ねた英仏露の協商側の勝利で幕を閉じた。

戦時特需も去り、急激な発展にもそろそろブレーキがかかるかと思われた満州国だったが、国家の発展は今なお続いていた。

今度の原動力はロシアの共産革命だった。ウラジーミル・レーニンによる共産革命は、根本的に国のあり方や思想を変えた。

帝政ロシアで一定の地位や財産を築いていた者は、それらをはく奪、没収されて国を追われた。また、迫害を恐れるロシア正教徒らも大量に国外に逃れた。

行き先は……満州である。

歴史を持ち、既存の枠組みがはっきりした「普通の国」であれば、これらは「難民」となって、その処置、処遇は手にあまるものになったかもしれない。

だが、満州国は違った。

余裕のある国土と財政によって、満州国にはそれらを受け入れる余力と、それらを生かす余地があった。

欧州各国の非難も、大戦後の混乱と疲弊で下火となり、満州国は建国からわずか一〇年あまりで急速に多民族国家、技術立国としての地位を固めはじめていた。

もちろん、これは満州国単独でなしうるものではない。日本の存在なしに満州の発展はなかった。

日本からの初期投資もそうだが、最大の要因は軍事面での保護だった。

満州国は日本の軍事的保護下にあって、防衛予算は些細なものにすぎなかった。時代背景から、このことははかりしれない恩恵となった。

となりの中華民国はいくつかの軍閥がはびこって政情は不安定であり、共産革命で誕生したソ連の暗躍も始まろうとしていた。もちろん、そのソ連の直接的脅威も無視できない。

これらを日本軍が盾となって防いでくれたのである。

日本は日本で、最恵国として満州の開発から莫大な利益を稼ぎだしていた。日本にとって、満州国の開発と発展は巨大な公共事業にほかならなかった。

日本の国力は急伸し、本年度の国家予算は五年前の五倍にあたる三〇億円までふくらんでいた。日本と満州は切っても切れない両輪として、歴史というレールの上を快走していたのである。

しかし、世界大戦の特需にあやかったのは、日本と満州だけではなかった。

アメリカという大国が残っていた。

世界大戦で傷つくことなく、恩恵ばかりを享受したアメリカの国力は増進し、没落したイギリスに代わって、世界の頂点に君臨したのだ。

そのアメリカにとって、アジアから急速に台頭してきた日本は邪魔な存在だった。人種差別思想も入って、アメリカの指導部は対日戦を画策しはじめていた。

「世界に大国はひとつでいい。追ってくる国は蹴落とすのみ」

こうして一九二〇年代に入って、日本の仮想敵国には「アメリカ」の四文字が、はっきりと浮かびあがってきていた。

第2章
ワシントン海軍軍縮会議

一九二二年三月二日　大分

海岸はまったく別物に変貌していた。

砂浜や松林くらいしかなかった一帯には、コンクリートで塗りかためられた岸壁が出現し、深く掘りさげられた海は充分な水深に達している。

まばらに点在していた人家は完全に姿を消して、真新しい官舎や倉庫群に変わっていた。

こうしたなかでも、ひときわ目を惹くのが巨大なクレーンである。頑丈な枠組みを左右にしたがえた巨大なクレーンは周囲を圧倒し、睥睨《へいげい》しているようにさえ見えた。

「ここが大神工廠《おおがこうしょう》か」

軍務局第二課長吉田善吾少佐は、完成したばかりの巨大な船渠《せんきょ》を前に目を細めた。

軍務局は海軍省の一組織であるため軍政が業務となるが、編成や軍紀、国防政策のほか艦政も管轄範囲に入る。

そこで、新たに第二課長に就任した吉田は、早速ここを訪れたというわけだ。

仮想敵国アメリカに対して優位に立つべく、日本海軍は八八艦隊計画と呼ばれる艦齢八年未満の戦艦八隻、巡洋戦艦八隻を建造するという壮大な計画をぶち上げ、実行に移していた。

いずれもこれまでの金剛型や扶桑型、伊勢型を走攻守すべての点で上まわる強力な戦艦である。

日本国内には呉と横須賀の海軍工廠のほか、戦艦クラスの大艦を建造できる民間の造船所は数カ所しかない。

そこで、海軍は既存の佐世保工廠の拡張をはかるとともに、新たに大神に巨大な船渠を建造したのである。

しかもこの大神の船渠は呉の第四船渠をしのぐ、八万トンまでの大艦を建造、収容でき、四万トンクラスの並みの戦艦ならば二隻同時に入渠できるという、世界的に見ても最大級のものだった。

さらに、それを二基備えた大神工廠は、現時点で間違いなく世界一の大工廠と言えた。

八八艦隊の建造はすでに始まっている。第一号艦となる戦艦『長門』が呉海軍工廠で、二番艦『陸奥』が横須賀海軍工廠で建造されており、その後継艦である加賀型戦艦の建造も神戸川崎造船所で進められている。

この大神にもすでに資材は運び込まれており、数日中にはこの船渠で九号艦と仮称されている巡洋戦艦の建造が始められる予定だ。

もちろん、これでも八八艦隊計画艦全艦を建造するには船渠が足りない。

また、いざ戦争となれば新規建造だけでなく、戦闘で傷ついた艦の入渠と修理が当然、必要になる。そこで、日本海軍は大陸の旅順と台湾の馬公にも横須賀や呉に準ずる工廠の整備を進めていた。

「八八艦隊完成のあかつきには、アメリカなど恐れるに足らず」

吉田の胸中では、すでに旭日旗を翻《ひるがえ》した強力な戦艦群が太平洋の大海原を行こうとしていた。

その鈍色《にびいろ》の砲列は、国防の絶対的な守護者となるに違いない。

欧米列強の顔色をうかがい、ましてやその干渉を受ける時代は完全に過去のものとなった。

これからは、我が国が世界秩序を主導していく立場になるのだ。我が国はそれだけの国力を身につけ、それだけの武力を持とうとしている。

吉田は大国としての自信と希望を抱いた。

当然、アメリカもただ指をくわえて見ているはずがない。八八艦隊計画に対抗して、新型の戦艦を多数建造してくるはずだ。

しかし、自分たちには日清、日露の両戦役で培ってきた経験がある。豊富な訓練に裏打ちされた高い練度と技量がある。

そしてなにより、日本海海戦で得た自信がある。

これからは我が日本の時代であると、吉田は天を仰いだ。

吉田の双眸は、まばゆい光が射し込む明日を見ていた。

一九二二年五月二日　サンディエゴ

アメリカ海軍中尉チャック・ライトは舷梯《げんてい》を駆けあがって、真新しい甲板に足を踏み入れた。

これまで乗っていた駆逐艦とは桁違いに広い戦艦の甲板だった。

「これで俺も、ようやくライト家の一員として、歩みはじめることができたかな」

ライト家は代々軍人を輩出してきた家系である。父は海軍省の制服組として少将の地位を得ており、祖父も水上戦隊の指揮官を務めるなど、最終的に少将の地位までのぼりつめた。

そのため、チャックもなんの疑問を抱くことなく海軍に入ったが、やはり海軍に入った以上は、主力である戦艦に乗り組みたいというのが多くの者の本音だった。

チャックもその例に漏れなかったが、転属先を告げられた瞬間、小躍りしたいほどの歓喜と高揚に包まれた。

転属先は戦艦、しかも就役したばかりの『メリーランド』だった。

『メリーランド』は日本の八八艦隊計画に対抗して計画されたダニエルズ・プランに沿って誕生した初めての戦艦である。

外観上は、シャープに突きだした艦首とアメリカ戦艦に特有の籠マストが特徴的だが、全長一九〇・二メートル、全幅二九・七メートル、基準排水量三万二五〇〇トンの艦体に、なんと言ってもアメリカ戦艦初の一六インチ砲を連装四基八門搭載したのが特筆すべきことだった。

この砲力と重厚な装甲を合わせて、日本海軍が建造した新造戦艦『ナガト』を充分撃破できると目されている。

「これこそが合衆国の力だ。世界一の力だ」

チャックは巨大な主砲塔を眺め、ついで太く長い砲身の尾部から砲口へと視線を流した。見ているだけで、力が湧くような気がした。

ひたたびこれが火を噴けば、世界のありとあらゆるものを撃ちくだくことができる。『メリーランド』の前に敵はない。

そんな気分にとらわれるチャックだった。

一九二二年九月一日　ワシントン

外相バルフォアを筆頭とするイギリスの面々は方々を奔走していた。

日本とアメリカ、イギリス、そしてフランス、イタリアを加えた主要五か国での海軍軍縮会議の提案国としての行動である。

イギリスは焦っていた。

激しい建艦競争に突入した日米を見て、「軍拡は世界の不安定化を招く」「軍事予算を削減できれば各国の財政は健全となり、経済的な世界の安定に寄与する」「予算の平和利用は各国国民の生活水準向上をもたらし、全世界的な幸福の追求に行きつく」といった主張を持ちだしての軍縮提案だったが、イギリスの本心は日米に遅れをとってはならないというものだった。

世界大戦で空前の特需に沸いた日本やアメリカと違って、逆に疲弊したイギリスがまともに建艦競争などできるはずがない。

熾烈な建艦競争に巻き込まれる前に手を打っておきたいというのが、イギリスの真意だったのである。

当然、ここ二〇年で国力を急伸させてきた日本や、いよいよ地力を発揮して世界の頂点を望んでいるアメリカは、冷ややかな目でイギリスの姿勢を見ていた。

だが、両国の対応はあまりにも対照的だった。

同日　東京・霞が関

海兵三二期の同期である吉田善吾と山本五十六は、海軍省の一室でワシントン軍縮会議について意見を闘わせていた。

「すると、貴様は条約などつっぱねて、このまま軍拡路線を突きすすむべきだ。米英との建艦競争に勝つために、国費を無尽蔵に投入する。国家財政が破綻《はたん》しようともかまわない。そう、言いたいのだな」

「そうは言っていない」

語気を荒らげる山本に吉田はかぶりを振った。

「俺が言いたいのは、一方的な譲歩は国の危機を招くということだ」

吉田は山本の目を見て続けた。

「アメリカは海軍長官ダニエルが起案した艦隊拡張計画を実行に移している。その計画が完了すれば、ただでさえ強大な敵艦隊は、それこそ手がつけられないほどの脅威になる。それに対抗できるのが八八艦隊だ。

ここで、イギリスの提案にのって軍縮条約を結ぶということは、八八艦隊計画を放棄するということだ」

（その八八艦隊計画こそが、ダニエルズ・プランを招いた。軍拡の引き金を引いたのは、むしろこちらであって、順序が逆ではないか）

反論はあったが、それは主題ではない。山本はそれを口にすることなく、別な懸念を切りだした。

「ここでイギリスの提案を拒絶すれば、満州建国以来ぎくしゃくしていた対英関係に決定的な溝を掘ることになる。

日英同盟は今度こそ吹きとぶぞ。アメリカだけでなく、イギリスも敵にまわそうというのか」

「同盟がなくなっても、イギリスがすぐに敵になるとは限らんだろう。もちろん、同盟破棄を歓迎するわけではないがな。

ただ、イギリスに我が国との同盟という考えがあれば、対等な建艦競争をしようとは思わないはずだ。それこそ日英二カ国で敵にあたればという発想があれば、極端な話、半分ずつ持てばいいということだからな」

「それは！」

身をのりだす山本に、再び吉田はかぶりを振った。

「言葉が飛躍しすぎだと言いたいのだろうが、軍令部からも外務省からも日英同盟の話はまったくない。日英同盟はすでに有名無実化しているのがわからん貴様ではあるまい。

だからこそ、我が国は大陸や太平洋各地に進出して、自主独立の道を選んだ。そうだろう？」

「かといって、アメリカと建艦競争をして勝てると思っているのか？　いかに我が国が力をつけたといっても、アメリカの富は膨大だぞ。だからこの条約でなんらかの歯止めをかけるべきだと言っているんだ」

「…………」

「こうした状況をつくりあげたのも、我が国が力をつけたからだ。それが我々の功績だ。それは誇ってもいい。我々は自分たちの力でアメリカやイギリスを交渉の場に引きずりだした。

これは関係改善、同盟強化のための絶好の機会だ。そう考えられないのか」

「山本よ」

そこで、吉田は決定的な矛盾を衝いた。

「なにも俺は、軍縮会議そのものに反対しているわけではない。海軍の発言力強化や国の内外に向けての力の誇示を目的とした財政無視の軍拡に賛同しているわけでもない。

俺はな、不平等な条約は結ぶべきではないと言っているんだ。

聞くところによると、条約の中身は現有勢力で固定して、主力艦の新規建造を禁止する内容らしいじゃないか。それでいいのか？　米英を対等の一〇として、現在の我々はせいぜい六だ。

敵に劣勢のまま固定する。これが国防に寄与する条約とは思えんがな。それで国が守れるのか」

吉田の主張は、艦隊派と呼ばれる強硬派の者たちの主張とは異なるものだった。

消極的な反対――それが吉田の態度だったのである。

「戦争を前提に考えるから、そうした思考になる。俺たち軍人は戦争をするためにいるのではない。

国を守るためにいるんだ。戦わないですむ方法があるならば、それがいい。

　そのために条約という手段を利用する。そうした発想はないのか」

「ないな」

　吉田はあっさりと口にした。

「自分から臆して引きさがることもなかろう。あくまで対等な立場を強調する。それが条約であり交渉ではないのか？

　それが受け入れられないならば、無理に条約を結ぶ必要などない。それが俺の考えだ」

「無制限競争となれば、現在の差以上に離される危険性が高い。とうてい敵《かな》わんぞ。アメリカの力は貴様が思っている以上に強大だ」

「そう恐れているから、先に譲歩がくるのではないのか。もう一度言うが、俺はなにも話しあいもせずに戦争と言っているのではない。対等な立場を主張すべきだと言っている。それでアメリカが抵抗するならば、それまでだ」

「………」

　吉田と山本は互いに視線をぶつけあった。触れれば火傷《やけど》しそうな鋭い視線が、見えない火花を散らす。

「これ以上、議論しても無駄のようだな」

　しばしの沈黙の後、山本は口を開いた。

　平行線をたどる議論は、どこまで行っても近づく気配がなかった。

「どのみち、なんの権限もない俺たちがここで言い争っていても、軍縮会議や条約がどうこうなるわけじゃない」

「それはそうだが、不毛な議論だとは思っていないよ。貴様とは考えをともにして進んでいきたかったからな。わかった」

　山本は席を立った。

立ちあがろうとして一度膝《ひざ》を叩いたところに、気持ちのふんぎりをつけようという山本の姿勢を感じたが、同時に山本のまばたきと額《ひたい》の皺《しわ》には落胆と失望が表れていると、吉田には伝わっていた。

「我が方の交渉団がどう動こうとも」

退室する山本の背に、吉田は投げかけた。

「世論を無視することはできんよ。国内世論は『対英追従の必要なし』でまとまっている。貴様のような憂いを抱く者がいたとしても、それは強硬派に吹く強い追い風に飛ばされる綿毛のようなものかもな」

山本は一度立ちどまったが、無言のまま扉の向こうに姿を消した。

吉田が言うように、日本は国家全体として軍縮条約締結には否定的だった。

吉田が考えているような消極的反対ではない。交渉の必要すらないという、強硬な意見も国内には多かった。

これは、大新聞をはじめとするメディアが作りあげた理念も根拠もない、いわば架空の流れだった。

日露戦争の勝利以来、こうしたメディアは帝国主義を助長するかのように「日本は強国である」「強国である日本が海外に活動を広げていくのは当然のことであり、権利ですらある」と、日々煽りたてた。

それはときに、軍の考えや方向性すらも関与しない、短絡的で派手な見出しのみを追いかけたものであった。

満州国の建国から世界大戦への参戦と勝利で、そうした報道はさらに真実や実力を無視した過激な論調に発展した。

大新聞各紙はこぞって「大国」「強国」の表現を好んで頻繁に用い、「日本はアジアの盟主である」「日本は欧米列強に劣らぬ世界の大国になった」と喧伝《けんでん》した。

あげくの果てには「大日本帝国こそが、今後の世界秩序を決める唯一の存在である」との記事まで紙面に躍るようになり、国民を盲目的に熱狂させてしまったのである。

実際、日本は力をつけた。アメリカやイギリスといった世界の大国に臆することなく、正論で堂々とぶつかることができるようになったのもたしかだ。

しかし、そのまま対立、対決の方向にいくのが正しいことなのか？　基盤のしっかりした二国を敵にまわすことが正しい選択なのか？　共存共栄の道を模索することはできないのか？

そうした言論は封殺され、もはや後戻りのできないところまで、メディアは扇動してしまったのである。


山本はけっして弱腰な男ではなかった。国が繁栄していくためには、なにが必要なのか。それを大局的に考えることができる稀有《けう》な存在だった。

戦って勝つことだけが、必要なことではない。ときには軍人が身を切って国家財政を健全化させることも必要ではないのか。福祉予算が増せば、海外に拡大、拡張せずとも国民生活は豊かになるのではないか。

日本が不幸だったのは、こうした山本のような視野の広い人物が少なかったことと、大新聞を主とするメディアが偏重かつ無責任な報道で、攻撃的で覇権主義的な思想を国民に植えつけてしまったことだった。

日本は平和と安定を手にする絶好の機会を自ら手放そうとしていた。

混沌とした時期は続き、潜在的脅威は消えるどころか、ますますその影をふくらませていく。

戦争の足音は、ひたひたと日本という国につきまとったままだった。

一九二二年一〇月一日　ワシントン

退席したイギリス外相バルフォアの表情には、安堵感が滲《にじ》みでていた。疲労が蓄積して血色の悪かった顔には赤みがさし、口元にはうっすらとした笑みさえ覗いていた。

アメリカとの二国間協議を終えてのことだった。

ワシントン海軍軍縮会議は、難航しながらも続いていた。

なんとしてでも軍縮会議をまとめたいイギリスは注文をつける日米の間を休みなく駆けずりまわってきたが、ふらふらと揺れうごく協調と妥結という飛行機は、なかなか軟着陸点を見いだせなかった。

特に全権バルフォアは、本国から受けている軍縮条約締結の厳命に、日々苦悩を深めてきた。

そうしたなかでの二国間協議の「進展」は、バルフォアにとってこれ以上ない朗報だった。

「いいのか、あんなことまで言ってしまって」

アメリカ国務長官チャールズ・ヒューズは驚きの混じった目を向けた。

その視線の先に座っているのは交渉団の代表委員で、海軍軍人であるアーネスト・キングだった。

アメリカの交渉団の全権にはヒューズが任命されている。すなわち、最終決定権はヒューズにあったが、当然ながら交渉は一人でできるものではない。ヒューズは海軍の代表として出席しているキングらの意見を尊重しなければならなかった。

また、全権とはいっても、アメリカの基本的姿勢は決定済みのはずだった。

「イギリスは本気で受けとっていったぞ」

「いいのですよ」

キングは不敵な笑みを見せた。

「我が合衆国は熟慮の末、貴国の提案を受けいれる用意がある。そう言ったまでです」

「しかし、政府や大統領は今回の軍縮会議には否定的だ。独断で我々交渉団がその本意に背くことは許されんのだぞ」

「もちろんです」

キングに代わって応じたのは、これも海軍側の委員であるハリー・ホワイトだった。もともとは財務省の文官だが、海軍に大拡張計画があるなか、海軍に出向して財務面を取りしきっている男だ。

ホワイトの表情はいたって涼しげだった。

「どうせ、この軍縮会議は破綻して終わりです。日本が六割の劣勢比率を拒否する意向を最終決定した。この確たる情報に基づいての、いわばポーズですよ。

我々は、あなたがたイギリスの提案に同意したい。だが極東民族が拒否する限りは、条約は成りたたないと。キング代表委員は、そうおっしゃったまでです」

ホワイトとキングは、顔を見合わせて酷薄な唇を揺らせた。ホワイトが続ける。

「本音は会議も条約も、どうでもいい。はじめから我々は完全なる自由競争を望んでいた。そうすれば、我が合衆国に敵う国など存在しません。没落したイギリスは言うに及ばず、極東からのしあがってきた日本も、まだその段階ではないでしょう。

ただ、それをストレートに言う必要などありません。どうせなら、ここでイギリスに恩を売る。我が合衆国は世界の安定と平和のため、そしてあなた方、大英帝国の立場や状況を尊重して、提案に賛同すると」

「あくまで、軍縮会議は日本の同意が得られなかったためにまとまらなかった。そうした演出なのだな」

「おっしゃるとおりです」

ヒューズに向かって、ホワイトは平然と言いきった。

「我々合衆国は軍縮に賛同して、無用な緊張から世界を解放したい。だが、日本が拒絶したために、軍縮条約締結にはいたらなかった。

そうした流れをつくるのです。世界中から厳しい視線が、日本に注がれることでしょう」

「いや、待て。それだけ追いつめたら、逆に日本が米英日一〇対一〇対六の劣勢比率を受けいれると言いだすのではないか。そうなれば、我々は対英優位には立てんぞ」

ヒューズは一抹《いちまつ》の不安を覗かせた。


しかし、ホワイトはここでも平静だった。

「ご心配にはおよびません。一〇対一〇対六の比率を崩さないかぎり、この軍縮会議は絶対にまとまりません。

日本海軍にも条約締結を目指す勢力があるのはたしかです。全権トモサブロウ・カトウも、もともとはそうした考えを持つ人物だったからこそ、今回の交渉団の筆頭に選ばれています。

しかし、日本海軍の主流は軍拡を指向する強硬派で占められているのが実態です。

おろかにも我が国に対抗しようという考えを持ったり、国内での発言力や地位の向上を狙ったりと、目的や目標はさまざまあるようですが、強硬派が優勢なのは間違いありません。

その者たちの八八艦隊計画に賭ける思いは非常に強く、執念とさえ言えるものです。

現有の主力艦保有比率では、八八艦隊計画は頓挫する。連中にとってはとても受け入れられるものではありません。それになにより、国内世論がそれを支持しています。

そこで、大きな矛盾にぶちあたったトモサブロウ・カトウは精神的に病んでしまったと聞いています。今、交渉団の先頭に立っているのはヒロハル・カトウ――筋金入りの強硬派です。

日本が最後通牒を突きつけて、この会議を脱会するのは時間の問題です」

「そうか」

まだ慎重な表情のヒューズに、ホワイトは駄目を押した。

「なに、仮に劣勢比率を連中が受諾すると言ってきた場合は、主力艦保有の絶対トン数を引きあげればいいだけです。そうなれば、財政がひっ迫しているイギリスはついてこられません。日本も六割すら厳しくなる。

それにひきかえ、我が合衆国の財政基盤は盤石です。どうあっても我が合衆国が世界一の座につく。これは我々が譲れない必須の命題ですからな」

「うむ」

うなずくヒューズに向けて、キングは締めくくった。

「我々も早くダニエル前長官のプランを完了させねばなりません。そのうえで日本を叩く。潜在的脅威は早いうちに摘みとっておく。

これ以上、極東民族をのさばらせておくわけにはいかない。それが、我が合衆国の中長期的戦略ですからな」

一九二二年一〇月二二日　ワシントン

アメリカ合衆国軍縮会議交渉団の予想どおり、ワシントン海軍軍縮会議は日本の脱会で破綻した。

アメリカ、イギリスと対等な主力艦保有率を主張する日本は現有勢力比、すなわち、米英日一〇対一〇対六の比率を骨子とする軍縮条約案に反発し、最後までその主張を取りさげることがなかったのである。

これは国内の強硬派、言いかえれば艦隊派が固執する八八艦隊計画が、最初から最後まで軍縮条約締結を遠ざけた結果だったとも言える。

イギリスが期待した海軍軍縮条約は夢の彼方に消えた。

仮に日本が劣勢比率のまま受けいれ、フランスやイタリアまでも含んだ包括的な軍縮条約が成立していれば、いたるところで主力艦建造の火は消え、一部は廃艦にすらなって、世界は静けさを取り戻したのかもしれない。

それは海軍休日とでも呼ばれる期間になったことだろう。

各国海軍は禁止された戦艦の建造を諦め、建造中の戦艦を空母に改造したり、消えた戦艦を補うべく、それに準ずる存在として重武装の巡洋艦を造ったりしたかもしれない。

空母は艦載機の発展を促し、海上戦略の中に航空作戦という革新的な扉が開かれたかもしれない。

しかし、そうした特異な動きはいっさい起きなかった。

世界は無条約時代が継続し、特に日本とアメリカは八八艦隊計画とダニエルズ・プランという、戦艦多数を新規建造する大計画に邁進しはじめたのだった。

全権加藤友三郎は憔悴《しょうすい》しきった顔で帰国したが、皮肉にも帰国した交渉団を待っていたのは、熱烈な国民の歓迎だった。

その様子に山本五十六ら海軍の条約推進派は、違和感や憂いを抱かざるをえなかった。

よく言えば、日本は軍政における自主権と自由を守った。海軍の大拡張計画である八八艦隊計画は破棄される危険をのりきり、予定どおり推進されることになった。

例によって大新聞各紙は「勇気ある決断。これこそ皇国の進む道なり」「軍縮条約受けいれは屈服なり。我が国を縛りつけようとする策略をはねつけた交渉団へ称賛を」「八八艦隊計画で国の守りは安泰だ」などと、威勢のいい記事を書き連ねていたが、その陰で日英同盟の解消をイギリスから通告されたことを大きくとりあげる紙面は皆無だった。

逆に米英は、この機に急速に接近している。

「これは外交の負けである」

ワシントン海軍軍縮会議は、単なる建艦制限や海軍の装備と編成をめぐる交渉という枠組みを超えた、大きな国際関係をめぐる交渉だったと、山本は痛恨の思いを抱いた。

国民の多くは考えもしなかったが、日本はここで外交的に大きな失態を犯したことを、後に気づかされるのである。

第3章
八八艦隊完成

一九二四年八月二〇日　横須賀

じりじりと肌を焼く夏の強い日差しのなかでも、海軍将兵に休息はない。

対米関係をはじめとする国際的緊張はやわらぐどころか、ますますその度を強めており、海軍の双肩にかかる期待と責任は重かった。

それを自覚して、日露戦争以来の月月火水木金金の猛訓練は、もはや日本海軍の伝統とすら化していた。

横須賀は瀬戸内海の呉と並ぶ日本海軍最大の軍港であり、日中あるいは長期の演習から帰港した多くの艦艇が集結する場だった。

そこでひときわ大きな艦体を海面に浮かべて、強い存在感を放っていたのが戦艦『陸奥』である。『陸奥』は八八艦隊の第一陣として建造された長門型戦艦の二番艦だ。

全長二二四・九メートル、全幅三四・六メートル、基準排水量三万九一三〇トンの艦体は、言うまでもなく日本海軍最大であり、世界に先がけて口径四一センチの大口径砲を搭載したのが大きな特徴だった。

ワシントン海軍軍縮会議で一時は廃艦の危機に晒されたが、八八艦隊にかける日本海軍の強い情熱と執念は、『陸奥』を死の淵から甦らせた。

『陸奥』は計画どおりに竣工し、連合艦隊司令長官鈴木貫太郎大将の将旗を誇らしげに翻していた。

昼間の砲撃訓練で硝煙を浴び、爆煙にまみれた甲板はきれいに磨かれ、乗組員はひと時の休息に浸っていた。

日頃の訓練は厳しかったが、この『陸奥』に乗り組むのは海軍将兵にとっては憧《あこが》れであり、『陸奥』の乗組員は日焼けした顔に充実した表情を見せていた。

しかし、ワシントン条約の決裂は『陸奥』ばかりを生かしたのではない。

「おい、あれ」

沖合から迫る艦影があった。

はじめはおぼろげだったが、次第にその全容がすこしずつあらわとなってくる。

正面から見て、ざっと三角形に見えるのは、水上戦闘艦の証《あかし》である。主砲塔や艦橋構造物が艦体の中心に並んで積まれているからだ。

「ありゃ、でかいな」

誰かがつぶやいた。

『陸奥』に対して未知の艦は艦首正面を向けているが、艦の横幅から考えて、前檣《ぜんしょう》らしき構造物の高さはかなりのものだ。その後ろに突きたつメインマストらしき棒状の構造物が見えるようになると、さらにその考えは強まった。

「戦艦、だな」

「ああ」

何人かがうなずきあった。

さらに注視しているうちに、今度は主砲塔らしき箱状の構造物が雛壇式に並んでいるのがわかった。これも横幅、高さともに大きい。

駆逐艦や巡洋艦には、とても見えない。かといって、既知の扶桑型や金剛型の戦艦にも見えない。

さらに驚いたことに、艦影はふたつだった。はじめに現れた艦の後ろに、同型艦らしき艦影が続いている。

艦首が切りわけた白波や正面を向いた連装二基の大きな砲口四つが見えるころになると、さらに多くの者たちが上甲板に出てきて、ざわめきが高まった。

「『長門』か？」

「いや、違う」

たしかに、未知の艦は長門型戦艦とは似ても異なるものだった。

前部は背負い式に搭載した二基の連装主砲塔や平らな前甲板、艦首から左右対称に弧を描いた艦体形状は長門型戦艦と同じだが、細部は異なる。

艦橋の形状も違うようだ。

それになにより、長門型戦艦は『陸奥』のほかは『長門』だけだが、未知の艦は二隻だ。

「畜生！　『陸奥』よりでかいじゃねえか」

近づく二隻の戦艦は左舷から夕日を浴びていた。左半分が陽、右半分が陰と、くっきりとしたコントラストの艦容は荘厳な印象さえ与えてくる。

感嘆の息が、そこかしこから漏れた。

舷側が覗くと、艦体が『陸奥』よりも長いことがわかった。大きな主砲塔が、後部には三基積まれている。

「あれは『加賀』と『土佐』だよ」

「『加賀』……」

「『土佐』!?」

先任士官の言葉に、兵たちは目を丸くした。

長門型戦艦につぐ八八艦隊計画艦第二陣となる加賀型戦艦二隻が、目の前に現れたのである。

その建造計画を知っていた者は実物を見て驚いたし、存在そのものを知らなかった者はそれこそ卒倒するくらいの衝撃を受けた。

『加賀』『土佐』の二隻は速度を落として、ゆっくりと港内に向かっていく。それはあたかも、自信に満ちた悠然とした歩みのようだった。

「この艦にある連合艦隊司令部も、いずれはあっちに移乗するだろうな」

「え……」

驚くことではなかった。

連合艦隊司令長官は代々持てる最強の戦艦に座乗して、そこに司令部を置いて指揮を執る。

それが日本海軍のしきたりだった。

『加賀』『土佐』は『長門』『陸奥』の後継艦であり、拡大発展型の艦と言っていい。明らかに性能は向こうが上だった。

「そうですか」

わりきれない兵も、一人や二人ではなかった。

連合艦隊旗艦というのは、海軍の艦である限りは最高の栄誉である。

いざ有事となれば海軍と国を代表して、まっさきに敵に切り込む存在となる。その役割が失われ、長官の将旗がはためくのを見ることがなくなるかと思うと、一抹の寂しさを禁じえなかった。

「まあ、そう肩を落とすなよ」

先任下士官はうつむく兵たちを順に見た。

「『加賀』『土佐』に限らず、今後新しい戦艦がいくつ出てこようとも、戦技でそいつらを負かしてやろうじゃないか。

この『陸奥』と我々で、八八艦隊計画の先輩としての意地を見せてくれようぞ、とな」

そう言って、先任下士官はにやりと笑った。

一九二四年八月二三日　霞ヶ浦

霞ヶ浦航空隊副長兼教頭の山本五十六中佐は、うかない表情で上空を仰いでいた。

上空では所属機が複数上がって訓練を重ねていたが、その動きはいかんせんもの足りなかった。

蒼空を切り裂くなどという表現にはほど遠く、まるで遊覧飛行でもしているかの鈍重さだった。

ただ、霞ヶ浦航空隊は実戦部隊ではない。士官搭乗員を目指して、江田島の海軍兵学校を出てから志願してきた飛行学生や、はじめから搭乗員を目指して海軍に入隊した予科飛行練習生が集う練習航空隊のため、技量が未熟なのは致し方ない。

問題なのは、航空機そのものがまだまだ山本が期待する性能に達していないことだった。

山本は一週間ほど前に視察した艦隊襲撃演習の光景を思いかえした。

第二戦隊の戦艦四隻、『扶桑』『山城』『伊勢』『日向』を標的とした、空母『鳳翔』の艦載機と木更津空の所属機による襲撃訓練だったが、結果は散々なものだった。

複葉の航空機はひらりひらりと身のこなしは軽いのだが、いかんせん足が遅く、洋上を走る標的に対してなかなか良い爆撃の位置取りができなかったのである。

戦艦という目標が大きいぶん、爆撃が容易だと思ったのは大きな間違いであり、高度や接敵角度を模索しているうちに対空砲火を浴びるという判定が相ついだ。

あげくの果てには、対空砲火の回避や低空からの接敵を狙っているうちに、海面に接触して不時着水などという低落ぶりを見せる機すらあった。

平面での動きしかできない水上艦艇に比べて、はるかに複雑で変幻自在な機動の可能なところが魅力的だったが、航空機は根本的に実力不足だった。

速力は遅く、武装も貧弱で、戦艦にとってはなんら脅威となるものではなかったのである。

最終的な結果は、機銃掃射に成功したと判定された機がいくつかあったものの、命中した爆弾は皆無であり、被撃墜機数は参加機の半数以上にのぼるという惨憺《さんたん》たるものだった。

これでは空襲など夢物語となってしまう。

（戦艦が海上戦力の中心であるというのは変わらぬとしても、それを補完することすら叶《かな》わぬか）

山本はワシントン海軍軍縮会議以前の大尉時代に、駐米武官として仮想敵国の強大さを知った。

広大な国土や人口は言うにおよばず、生みだされる食糧資源や地下資源は、日本など足下にもおよばない。

日本では貴重品として、生産や取引が国家に管理されている塩や砂糖も、アメリカでは大量に生産されて、どこでも容易かつ安価に入手できる。

ここ数十年の間に、たしかに日本も力をつけた。

しかし、これほど強大な国を敵にまわすのは、あまりに危険が大きすぎる。共存共栄の道を模索するのが適切だ。

それが、山本の考えだった。

（八八艦隊があれば国は安泰だという風潮が国内に蔓延《まんえん》しているが、それは夢想にすぎん）

八八艦隊はたしかに世界に誇れる強力な戦力であることには違いない。アメリカ海軍が進めている大拡張計画――ダニエルズ・プランにもある程度対抗は可能だろう。

しかし、八八艦隊ができた後には何が残るのか。それで終わりと思ったら大間違いだと、山本はさらにその先を見据えていた。

アメリカはダニエルズ・プランを完了させても、また新たな計画を発動させるに違いない。

強力な戦艦ができれば、さらにそれを上まわる戦艦を造ろうとし、その数も増やそうとする。そんな終わりのない無限競争に我々はついていけるのか。

どこまで耐えられるのか。そもそも、それが正しい道なのか。

疑問と憂慮を抱いた山本は、航空による補完に期待した。

まだまだ日が浅い航空という分野は、劇的に進化する余地を秘めているのではないか。うまくいけば、海戦様式そのものをひっくり返すほどの可能性すらあるのではないか。

しかし、山本の期待は見事に裏切られた。完璧に否定されたと言っても過言ではない。

「まだまだだな」

山本はぽつりとつぶやいた。

航空がものになるには、まだまだ開発する人も、予算も時間も必要なのが現実だった。

少なくとも今、空襲を独立した海戦戦術とするのは現実的でなかった。

潜水艦も含めた雷撃も発展はしているものの、主役に躍りでる勢いはない。

戦艦至上主義と、戦艦が海軍と海戦の主役であるという流れは、当面揺るぎそうもない本流であり、傍流がそれを脅かす気配はまるでなかった。

一九二四年九月七日　ホワイトハウス

国家間戦争の背景には、宗教問題や利害の対立のあるのが一般的だが、多くはその陰に疑心暗鬼と誤解が潜んでいることを忘れてはならない。

大きなトラブルというものは、梯子《はしご》をひとつ踏みはずしただけでは起こらない。

誤解は不安を招き、不安は防衛本能としての威《い》嚇《かく》や攻撃性を呼びさます。そうした負の連鎖が同時多発的に重なって、戦争に結びつく例が多い。

山本五十六ら日本海軍リベラル派が対米関係に憂慮を抱いているのと同じく、アメリカにも対日関係に焦慮《しょうりょ》や脅威を感じる者が少なからず芽生えており、またそれを煽ったり、自身の主義主張に利用したりするような勢力も存在していた。

アメリカ合衆国第三〇代大統領カルヴィン・ジョン・クーリッジは、執務室で大きなため息をついていた。

机上には、近代的な高層建築物や大型の駅舎、そこに出入りする真新しい列車などを写した写真がばら撒かれていた。

中国東北部——日本が満州国と呼ぶ地域の近況である。

「『マンシュウ』は建国当初こそ立ちおくれておりましたが、ここ十数年の間に飛躍的な進歩を遂げています。もともと何もないところに創られた国家……いえ、失礼しました」

国務長官フランク・ケロッグは慌てて口を塞ぎ、咳払いしてその場をつくろった。

欧州各国はなし崩し的に批判や非難を避けるようになったが、アメリカは今なお満州国を正式な国家とみなしてはいない。

満州国なる組織は日本の傀儡《かいらい》であって、中国大陸東北部を不当に占拠しているにすぎない——現在もこれが、アメリカ合衆国の正式な見解である。

ワシントン海軍軍縮会議の全権を務めた先代のチャールズ・ヒューズに比べて、ケロッグはまだ就任して日が浅く、修羅場をくぐり抜けたこともない。

その経験の浅さから、口が滑ったのだった。

ケロッグは言いなおした。

「なにもないところに創られた都市ですから、数々の施設や鉄道、道路などが整然と並んでいます。さしたる障害もなく、計画はきわめて順調に進んだ様子がうかがえます」

「それには多額の投資が必要なはずだが、先の大戦で潤ったのは、我が合衆国だけではなく、マンシュウや日本もそうだった、ということだな」

「遺憾ながら、おっしゃるとおりです」

「むう」

クーリッジは露骨に顔をしかめた。

このまま手をこまねいていては、「満州国」は既成事実化してしまう。

すでに欧州の主要国のなかには、「満州問題にはもう関わらず」という消極的ながらも承認、支持する動きすら出てきている。

それを見過ごすわけにはいかない。

しかし、問題の本質はそれ以上に、仮想敵国日本が力をつけてきていることだ。

満州国には日本の資本が投入され、それが利益として還元されている。

日本がワシントン海軍軍縮会議を蹴って、八八艦隊計画に固執したのも、その経済的裏づけがあってのことである。


アメリカが満州国を承認していないのも、この点が大きい。

日本は満州国というフィルターを経て独占的にその地域を開発し、巨額の利益をむさぼっている。それは、壮大な国家的公共事業と言っていいだろう。

だから、アメリカは満州国を解体し、当該地域は複数国家による国際共同管理地とし、門戸は自由に開放されるべきと主張している。

これは先代の大統領ウォーレン・ハーディングから受けついでいる共和党の方針であり、アメリカの国家方針でもあった。

アメリカは共和党と民主党という二大政党が政治を動かしているが、共和党の支持者は経営層や富裕層が主でタカ派であり、逆に民主党の支持者は労働階級でハト派というのが一般的だった。

だから、現在のアメリカの方針はタカ派的なものとなる。

もちろん、このアメリカの主張も、実態はアメリカが満州開発に参入したいだけであり、日本がそれを受諾するはずもなかった。

その地域——満州は、日本人が血を流してロシア人を叩きだした土地なのである。

日本はロシアとの戦争に勝ってから、アメリカの仮想敵国として急浮上してきたが、それは無視できない潜在脅威や警戒すべき相手というよりも、いまや明確な顕在的脅威と化している。

軍事力を増強しつづける日本が、ひとたびアメリカに牙を剝《む》けば、アメリカも容易にそれを退けることができないところまできている。

もはや脅威は危険水域に達しているのだ。

「ただ軍事的な意味合いでは、マンシュウは脅威ではありません。ロシアや中華民国との境界線に小規模な警備隊を配備する程度で、重火器や大型艦艇などの軍事力らしい軍事力を持たないのがマンシュウです」

アーネスト・キング海軍次官補が切りだした。

「日本がうまく飼いならしているということか」

「いえ、たしかにそうも言えるのですが」

クーリッジの反応にケロッグは答えた。

「日本が軍事面でマンシュウを『保護』しているからこそ、マンシュウは財政的に余裕が出ていると、我々は分析しています。

軍事予算が国家財政を圧迫し、国家そのものを疲弊させるのはイギリスやドイツ、フランスの例を見れば明らかです。マンシュウは経済大国、日本は軍事大国と棲みわけているのでしょう。その相乗効果で効果的な発展をもたらしているのが事実です」

海軍省の財務補佐官ハリー・ホワイトは、発言したキングとケロッグとに順に目を合わせ、薄い笑みを見せていた。

二人の発言内容は、財務省の文官出身であるホワイトが作成した資料によるものだった。

クーリッジはうなった。

それを見て、キングは机上に散らばった写真を回収して、新たな写真を並べはじめた。

ひと目で軍艦とわかる写真だ。しかも複数の艦が写っていることで、被写体となっている中心の艦がきわめて大きい艦であることがわかる。

巨砲を積んだ戦艦だ。

「戦艦『カガ』『トサ』に続いて、巡洋戦艦『アマギ』『アカギ』が竣工しつつあります」

「強力なのか」

「我が『レキシントン』『サラトガ』を火力でしのぎます。もちろん戦艦の性能とは、火力だけで決まるものではありませんが」

「これが日本の『力』か」

うめくクーリッジにキングは続けた。

「ご存知のように、日本は我がダニエルズ・プランに匹敵する八八艦隊計画を推進しています。このアマギ級巡洋戦艦は今後、さらに二隻が建造に入っており、ほかに戦艦四隻、巡洋戦艦四隻の建造が計画されています。それだけの力を極東の島国は蓄えたのです」

ただ、情報管理の点ではまだまだですな。これだけの写真を工作員が撮ってくるのですから」

キングの言うのはもっともだった。

満州国が国策上、世界中から人を集めている影響で、日本も人の出入りが活発化した。それだけ諜報員にとっては、つけいる隙が出てくるというものだ。

「八八艦隊計画はすでにワシントン会議のときに、既知のものになっていたはずだ。それを逆手にとって、あえて晒したという可能性もあるのではないか」

「挑発あるいは示威のつもりでということでしょうか。それはいささか考えすぎかと」

「故意かどうかは問題ではない」

キングとケロッグとの会話を、クーリッジは断ちきった。

「とにかく由々しき事態だ。わかっていたこととはいえ、我々は有事に備えておかねばならん」

「いっそのこと、すぐにでも日本を叩いてしまえばよいのでは？　言ってわからない者には、鉄拳制裁もやむなしかと」

「それはまずい」

過激なキングの案を、クーリッジは言下に否定した。

「そこまで国内世論はまとまっておらん。国際世論はさらにその先だ。今、我々が手を出せば、国際的な批判を浴びるのは我々になってしまう」

そこが、クーリッジの泣きどころだった。

クーリッジは共和党の大統領指名選挙で、ハーディング前大統領の後継指名を受けて安定した戦いを続け、対立候補を次々と退けた。

民主党候補との最終決戦も制したクーリッジは、こうした経緯から政策も引きつぐのが必然だった。

しかし、独裁国家と違って、自由と民主を掲げるアメリカ合衆国では民意を無視することはできない。

大統領の権限は絶大でも、必ず議会が歯止めをかける仕組みがある。

国内経済が堅調なため、逆に「満州問題」に対する国民の関心は低く、野党・民主党議員やその支持者にとどまらず、共和党支持層でも武力行使してまで満州に立ち入ろうとしたり、日本を叩いたりすべきだと考えるのは、一部の強欲な財界首脳や名誉欲にとりつかれた政府高官に限られていた。

　日本は軍事面のみならず、そうした層から見れば、経済的な敵でもあるのだ。

　だが、その一部の意向を無視することは許されない。それはクーリッジの存在そのものを支える源泉なのである。

「とにかくだ。オレンジ・プランはさまざまな角度から検討し、常に最新で有効な計画としていること」

　クーリッジは命じた。

「レッド・プランはいかがいたしますか」

「進めるべきです」

　ケロッグの伺いに、黙ってなりゆきを見守っていたホワイトが口を出した。

「念には念を押すべきです。今日の友も明日の敵。国際社会は半歩も進めば別世界になりかねません」

　アメリカはレインボー・プランと呼ぶ世界各国を対象とした戦争計画を策定しようとしていた。オレンジは日本、そしてレッドはイギリスを指す。

　破談に終わったワシントン海軍軍縮会議以来、イギリスは日英同盟を解消してアメリカ寄りの国になったが、そのイギリスさえも仮想敵の対象とするところに、アメリカの用心深さと傲慢《ごうまん》さとが表れていた。

「世界の頂点はひとつしかない。超大国は我が合衆国一国で充分。そうですね、大統領」

　ホワイトの双眸が凄みを増した。それに気圧《けお》されたように、クーリッジがうなずく。

「当面は対日制裁を続けつつ、機会をうかがう。太平洋方面で可能な準備は即時実行だ。また、アジアもそうだが、南を取り込むというのも既定路線だ。これは近々発動する。諸君らはそれぞれの場で、ベストを尽くしてくれたまえ」

そこで、場は解散となった。

大統領や日本の外相にあたる国務長官が代わっても、アメリカが対日融和に動く兆しはなかった。日米は近づくどころか、逆にますます離れていく。日本と満州の発展は、皮肉にもアメリカの反感と敵対心を誘っていたのである。

一九二八年三月二八日　呉

旗艦『駿河』の艦上で連合艦隊司令長官、加藤寛治大将の表情は満足げなものだった。口の上の髭《ひげ》はぴんと伸び、瞳の輝きははっきりと増している。

「ここまで来た」という思いが、加藤の胸中で燃えていた。

連合艦隊司令長官という実働部隊の長に自分がのぼりつめたことと ともに、悲願であった八八艦隊計画が完成に近づいてきたことが、加藤の胸を高ぶらせていた。

加藤は艦隊派と称される、軍拡と対外強硬論を唱える勢力の中心人物だった。

ワシントン海軍軍縮会議では首席専門委員という立場で、主力艦保有率を自身の六割にしようというアメリカとイギリスの要求を頑としてはねつけ、受諾に傾いていた全権加藤友三郎大将を押しきって、軍縮会議そのものを流会に追いこんだ。

理由は、海軍拡張を目的とする八八艦隊計画の推進と、米英への譲歩はありえないという自身の主義主張からだった。

対外融和を目指し、他国と協調した軍縮ならば可と考える「条約派」と呼ばれる勢力も、まだ海軍内で一定の力を保ってはいるものの、加藤ら「艦隊派」が優勢というのが日本海軍の実状だった。

加藤が将旗を掲げた『駿河』は、八八艦隊の後期艦にあたる紀伊型戦艦の三番艦である。

紀伊型戦艦は、八八艦隊の前期艦である加賀型戦艦の拡大発展型にあたる。全長二五二・一メートル、全幅三一・一メートル、基準排水量四万二六〇〇トンの艦体に、連装五基一〇門の四一センチ砲を搭載している。

速力も予想されるアメリカの次期戦艦を凌駕《りょうが》する最大二九・七ノットの発揮が可能だった。

艦体の中心からやや前寄りに置かれた艦橋構造物や前部二基、後部三基の連装主砲塔、半円形の艦首といった全体的な艦容は天城型巡洋戦艦に似ているが、耐弾性を高めたぶん厚い装甲をまとった点が戦艦たる所以《ゆえん》である。

『駿河』の右舷前方には、一番艦『紀伊』と二番艦『尾張』が、そして左舷前方には、四番艦『近江』が投錨《とうびょう》している。

羅針艦橋から沖合に目を移すと、天城型巡洋戦艦や加賀型戦艦の姿も一望できた。

いずれも前八八艦隊戦艦といえる伊勢型や扶桑型戦艦に比べて艦体も大きく、火力、防御力とも格段に進歩した艦ばかりである。

これらに加えて、八八艦隊計画の最終型となる穂高型巡洋戦艦も一番艦、二番艦はすでに進水し、計四隻が控えている。

「いかがですか、元帥」

「うむ。よくぞ、ここまで造りあげた。見事だ」

加藤のかたわらで目を細めたのは、観閲に招かれた東郷平八郎元軍令部長だった。

すでに八〇歳を超えた東郷は、さすがに年齢による衰えは随所に隠せなかったが、額に走る深い皺は威厳を増し、爛々《らんらん》と光る眼光は凄みを感じさせるものだった。

とうの昔に海軍を退いた身ではあったが、連合艦隊司令長官として日本海海戦を勝利に導き、現在の日本海軍の礎《いしずえ》を築いた人物を無視することは誰もできず、東郷はなお海軍内に影響力を残していた。

東郷は羅針艦橋から『駿河』の主砲塔や艦首方向を見おろし、何度も笑みを見せた。

日本海海戦で東郷が座乗していた戦艦『三笠』に比べて、艦体は三回り大きくなり、主砲塔も子供と大人ほどの差くらいに大きくなっている。それらはすべて力強さに直結する。

「八八艦隊計画は、そもそも元帥の草案に基づくものですから」

持ちあげる加藤に、東郷は「そのとおりだ」と鷹揚《おうよう》にうなずいた。

日露戦争で凱歌《がいか》を歌った後、東郷はアメリカとの対立を予想して、なおいっそうの艦隊の拡張と整備の必要性を主張した。

それが現在に通じているのは嘘ではないが、さすがに二〇年以上も前の話である。実態は加藤ら艦隊派が自分たちの勢力拡大のため、東郷の威光を借りようと担ぎだしているというほうが正しかった。

「この『駿河』ら紀伊型戦艦は、八八艦隊計画でいえば、九番艦から一二番艦にあたります。残りの穂高型巡戦四隻も、数年のうちに竣工させます」

「うむ」

満足そうな東郷の表情を確認して、加藤は内心でほくそ笑んだ。

「八八艦隊が完成すれば、国の守りは安泰です……と言いたいところですが、アメリカも八八艦隊に匹敵する戦力を整え、さらに戦艦をはじめとする艦艇の建造を着々と準備していると聞きます。自分たちもこれで満足することなく、これからもますます力をつけていかねばなりません」

しかしながら、国内はおろか、海軍内にすらこうした拡張政策に慎重な意見があるのも、また事実であります」

「けしからんことだな」

「はっ。なんらかの問題があった場合は、お口添えを」

「わかった。この東郷でよければ、いつでもどこへでも出ていってみせよう。遠慮はいらん。その際は迷わず呼んでくれ」

「はっ」

加藤は大仰に頭を下げた。

一九三〇年二月一〇日　マーシャル諸島沖

南東方面根拠地隊司令官山本五十六少将は、生温かい潮風にきな臭さを感じていた。

本来、軍政畑に明るいはずの山本だったが、艦隊派の横やりもあって、ここしばらくは前線勤務が続いている。

霞ヶ浦航空隊の副長を務めた後は駐米武官として再びアメリカに赴いたが、わずか半年で帰朝命令が出た。以後は軽巡『五十鈴』艦長、巡洋戦艦『赤城』艦長を経て、現職についている。

南東方面根拠地隊というのは、日本の勢力圏のうち最東端を担当とする警備隊であり、言いかえれば、仮想敵国アメリカとの国境に接する最前線の守備隊とも言える。

内訳はマーシャル諸島各島に駐留する陸戦隊と哨戒を主任務とする航空隊、そして警備レベルの少数艦艇らを合わせた混成戦力である。

山本はそれらを一元的にまとめて指揮する立場にあった。本部はマーシャル諸島のクェゼリン環礁に置いており、帝都東京から見れば辺境中の辺境だ。

ただ、ここに来て山本は、日米関係が想像以上に悪化していることをあらためて思い知らされた。内地にいてはわからない、アメリカの攻撃的な対立行動というものが、肌で感じとれるのだ。

　航空機による領空侵犯寸前の敵対的偵察活動や、領海内での「国籍不明」潜水艦の発見報告は日常茶飯事であり、航行中の民間船舶が拿捕《だほ》まがいの臨検に遭う機会すら出てきている。

　リベラル思考で知られるさすがの山本も、これらは情報の錯誤や誤解による偶発的なものではなく、アメリカの組織的な挑発であると考えざるをえなかった。

　現在、駐米武官としてアメリカにいる保科善四郎中佐からも、悲観的な情報が届いている。

　アメリカは対日戦を望んでいる。そこまで言いきらずしても、少なくとも対日問題の解決手段として、軍事力の行使という選択肢を視野に入れているのは間違いなかった。

　いざ対米戦となった場合、自分たちに勝機はあるのか？

　軍縮会議を蹴飛ばして、自分たちは八八艦隊を手に入れようとした。それは実現間近だが、アメリカもまた対抗プランを実行に移している。

　建艦競争は今後も続くに違いない。

　自分たちは、それに追随していけるのか？　やはり歯止めとしての軍縮条約締結は必要だったのではないのか？

　いや、それは国の発展を考慮に入れない単なる譲歩であり、敗北主義の発想なのか？

　山本の苦悩は深かった。

　そして、今また星条旗を掲げた水上艦艇が挑発的行動を仕掛けてきている。山本は巡洋艦『多摩』の艦上で、自らその現場に立ちあっていた。

「平甲板型の駆逐艦ですな」

『多摩』艦長竹原九一郎大佐が、双眼鏡をのぞきながら口にした。

その名のとおり、平甲板形状の艦体を持つ駆逐艦で、主砲は四インチ単装砲四基、雷装は五三・三センチ三連装発射管四基、基準排水量は一〇九〇トンという平凡な駆逐艦である。

一六年前に勃発した世界大戦時に、イギリスへの売却を目的として大量に建造された駆逐艦で、最新型の駆逐艦と比べれば明らかに劣る部分も多い。想定された任務も船団護衛や海上警備だったと聞いている。

しかし、今その平凡な駆逐艦が、大きな災いの種にならんとしていることに、山本は警戒心を高めていた。

隻数は三隻。それが単横陣を敷いて、まっすぐ日本の領海に向けて進んできている。

対して、日本の領海側で立ちふさがろうとしているのは、『多摩』と第一一駆逐隊――峯風型駆逐艦四隻である。

『多摩』は水雷戦隊の旗艦を主任務として建造された球磨型巡洋艦の二番艦だ。

全長一六二・二メートル、全幅一四・二メートル、基準排水量五五〇〇トンの艦体に、五〇口径一四センチ単装砲七基、五三センチ連装発射管四基のほか、機雷一五〇個の武装を持つ。出力九万馬力の機関は、これを三六ノットで走らせる。

駆逐艦と同等の速力で雷撃を率い、砲力で妨害をはかる敵駆逐艦を制するという建艦思想である。

また、峯風型駆逐艦は八八艦隊計画の戦艦に随行することを前提に建造された、初の国産航洋型駆逐艦だった。

「針路を変更されたし。貴艦らは日本の領海に入りつつある。針路を変更されたし」

英語の呼びかけにも、発光信号にも応答はなかった。

三隻の平甲板型駆逐艦は、平然と航行を続けている。砲を振りあげたり、発射管を旋回させたり、さらに波飛沫をまき散らせて高速航行したりしているわけではないが、かえってその淡々とした様子が作為的で、悪意のある行為と感じさせた。

「司令官、一一駆司令より警告の発砲許可願うとの連絡です」

「許可できんと返答せよ」

山本は即答した。

「気持ちはわからないでもありませんが」

「駄目だ。これは厳命だ」

ぽつりとこぼした竹原に、山本は強い口調で命じた。

「攻撃は断じてならん。主砲や魚雷はもちろん、機銃一発たりともだ。戦端を開く口実を、こちらから与えてはならない」

山本は『多摩』の艦橋内を見まわし、全員に聞こえるように言った。

「たとえ警告の意味合いや、当てるつもりがなかったにしても、攻撃されたから反撃したまでだと開きなおられれば、それまでだ。

いいか。綱渡り状態にある対米関係を、我々が踏みはずさせてはならん」

心理戦だった。

相手の指揮官も挑発の任務を負ってきたのだろうが、戦力的には向こうが劣勢だ。いざ戦闘となれば、たやすく撃沈されるのは目に見えている。

敵を刺激しつつ、自分はどう逃げるか。さまざまな思考をめぐらせながら、神経をすり減らしているに違いない。

「本艦、領海いっぱいです」

「面舵一杯。本艦を起点に逐次回頭。針路一八〇《ひとまちまる》。発動、今」

山本は努めて冷静に命じた。航海士の声は裏返っていたが、指揮官が我を忘れるわけにはいかない。

重大な国際問題と国の命運が懸かっているという事実を、山本は正確に理解していた。

開戦の口実を与えてはならない。対米戦の引き金を引くわけにはいかない。かといって、見て見ぬふりをするような弱腰の対応も厳禁だ。

ここは毅然と、断固としてふるまわねばならないと、山本も覚悟を決めた。

艦の前寄りにかたよった配置の艦橋から尾を曳《ひ》くような艦容の『多摩』に続いて、金槌を寝かせたように見える、短船首楼型の艦体を持つ峯風型駆逐艦四隻が順に続く。

「米駆逐艦、なおも近づく！」

見張員の声も上ずっていた。

棒状のマストと直立した四本煙突といった平甲板型駆逐艦の艦容も、もはやはっきりとわかるほどになってきている。

マストに翻る星条旗がまた、いかにも神経を逆なでするかのように見えた。

『多摩』と第一一駆逐隊は、敵の針路を塞ぐようにして南下した。

「米駆逐艦との距離。一五《ひとご》（一五〇〇メートル）……一四《ひとよん》！」

「司令官」

竹原が切迫した表情を山本に見せた。

「もう限界です。早く発砲の許可を」とでも顔に書いてあるようだった。

「このままでは領海に」

「侵犯はさせん」

山本は決然と言い放った。

「ただ、発砲は駄目だ。最悪は体当たりしてでも追いかえす」

「た、体当たり!?」

山本の声を聞いた兵が、怯《おび》えた様子で右往左往した。

そんな肉弾戦など、艦砲が発達する以前の帆船時代の戦い方だろう。その時代の木造船ならまだしも、はるかに大きく強固になった現代艦艇が衝突すれば、双方とも無事ですむはずがない。

「撮影班はいるな？　写真はいくらでも撮っておけ。最悪の場合、証拠になるからな」

山本は指示しつつ開きなおった。ここは慌てても、なにかがよくなるわけでもない。相手の指揮官との根競《こんくら》べだと、向かってくる駆逐艦を睨みつけた。

「距離五……四！」

平甲板型駆逐艦は、もはや目と鼻の先まで迫っていた。目を凝《こ》らせば、向こうの艦内の乗組員すら見えそうな距離である。

「ぶつかるぞ！」

誰かが叫んだ。

相手の機関音すら聞こえ、まき散らす飛沫が互いの艦体を濡らす。

ある者は両足を踏んばって身構え、またある者は双眸を閉じて神に祈った。

山本は大きく目を見開いた。

艦体を叩く波の音や乗組員のざわめきが、これまで以上に聞こえたような気がした。その一部は、相手の艦のものだったのかもしれない。

はためく星条旗が、「これでもか」という様子で目に飛び込んでくるのと入れ違いに、山本の口元は揺れていた。

もう駄目だと頭を抱える兵をよそに、山本は笑っていた。

山本の黒い瞳には、徐々に横腹をのぞかせる平甲板型駆逐艦が映っていた。

三隻が三隻とも取舵を切って急回頭していた。

山本は相手の指揮官との忍耐勝負に、堂々たる勝利を収めたのである。

衝突せんばかりの至近距離に迫っていたアメリカ海軍の平甲板型駆逐艦は、つんのめる勢いで艦体を傾けた。

『多摩』の左舷舷側をこすらんばかりにして艦首が右を向き、前部の単装主砲から貧相な艦橋構造物が、そして特徴的な四本煙突が次々と横切っていく。

手を伸ばせば届くのではないかと思うような距離に、艦内ではどこからともなく大きく息を吐く音が聞こえ、へたり込みそうな様子の者が何人も目についた。

「いやあ、司令官の度胸のよさには敬服いたしました」

竹原は額や首筋に吹きでた汗を拭《ぬぐ》った。

間一髪という様子ありありの憔悴が滲む竹原を横目に、山本は帽子をかぶりなおした。

「度胸がある、ないではない。根競べに勝っただけのことだ」

正直、山本の脳裏にも衝突と沈没という、悪夢の光景がよぎらなかったわけではない。

だが、相手の指揮官もそうした破天荒な結末は望んでいなかったようだ。

恐らくそうするだろうという賭けに勝ったにすぎないと、山本は考えていた。

逆に相手の指揮官も、撃たれればたやすく撃沈されるということは百も承知で、こちらが手を出さないだろうとの考えで迫ってきたに違いない。

その根競べだったのである。

だが、今起こったこの事件の顛末以上に、理解しておかねばならない重大な事実があった。

それは、アメリカの態度が想像以上に硬化してきているということだった。対日問題の解決に、アメリカは軍事行動をも辞さないと考えている。それを理解する必要があった。

そこで、自分はなにをなすべきか。なにができるか。それは容易に答えられるような簡単な問題ではなかった。

山本の眉間には皺が走り、それは時間を追って深みを増していくばかりだった。

一九三〇年六月一五日　木更津沖

世界を騒がせた巡洋艦『古鷹《ふるたか》』は、小気味良い動きで洋上に航跡を描いていた。

『古鷹』は八八艦隊計画の一環として、支援艦的な位置づけで建造された新鋭巡洋艦だった。

旧来の欧米巡洋艦の模倣から脱却した純国産巡洋艦として設計された『古鷹』は、それだけでも日本海軍関係者の間に大いなる期待と希望を集めた艦だった。そして実際にできあがった艦を見て、世界の海軍関係者は瞠目《どうもく》した。

『古鷹』はわずか八〇〇〇トンに満たない小さな艦体に、巡洋艦としては異例の口径二〇センチの大口径砲六門という強力な砲兵装を備え、さらに六一センチ魚雷発射管連装六基という重武装艦だった。

それでいて、最高速力も三五ノットという快速を誇る。艦首も当然洗練された近代的なものに変貌している。

従来の天龍型や球磨型の巡洋艦が、直線的な箱型の艦体に三本もの煙突を直立させていたのに対し、『古鷹』は凌波性能を意識して強いシアーをつけた艦首に始まる、優美な曲線で艦体は構成されている。

二段の円柱状の艦橋構造物や、後傾斜した二本の煙突も斬新で、主砲塔を含めて艦上構造物は均整のとれた配置となり、天龍型や球磨型の艦影がいかにも旧式と映るものだった。

この『古鷹』の登場は世界に衝撃を与え、ただでさえ注視されていた日本海軍に、さらに警戒の眼差しを集めることとなった。

八八艦隊計画によって続々と戦艦と巡洋戦艦を就役させている日本海軍に、これだけ強力な巡洋艦が加われば、手のつけられない脅威となりうる。

そこで、イギリスは巡洋艦の建造制限を主とする軍縮会議を画策したが、それより大きな戦艦に建造制限がないなかでは意味がないと、公式提案前に却下されている。

しかし、『古鷹』の存在をイギリスやアメリカが無視できるはずはなかった。以後、イギリスとアメリカの巡洋艦設計には、『古鷹』が大きな影響を与えるとともに、比較基準となっていったのである。

この『古鷹』の登場以降、巡洋艦は二〇センチクラスの砲を持つものを重巡、それ以下の砲にとどめたものを軽巡と区別するようになった。

今、この新型重巡に渡良瀬欣司、香坂信《まこと》、郡司虎雄の二等水兵同期三人組が乗り組んでいた。

海軍に入って三年が経ち、そろそろ「新米」扱いから脱したい年頃だった。

渡良瀬は鉄砲屋、香坂は水雷屋の道に進み、新し物好きの郡司は航海科から航空への鞍替えを狙っていた。

兵科が違うので、日中はほとんど顔を合わせることはない。必然的に同期で集まるのは、就寝前の限られた時間になる。

冬ならばすでに海上は暗く、冷たい強風もあって上甲板上にいるのはつらいだろうが、一年でもっとも昼の長いこの時期、海上にはまだ昼の明るさが残り、頬をなでる潮風もほどよい心地だった。

「しかし、トラよ。お前、本当に空にあがるつもりなのか」

「ああ、本気だ。何度も聞くな。すでに飛行練習生への志願書は出した。明日にでも訓練場所の霞ヶ浦に行きたいところだ」

「ふうん」

渡良瀬は首をかしげつつ、郡司から香坂に視線を流した。

「ノブはどう思うよ」

「俺らがとやかく言うことじゃない」

「それだけかよ。なんかないのか、同期の大事なことによ」

「命令があれば別だが。命令がなければ、本人の自由だ。上の勧めでもあれば……」

「上の勧めだ⁉」

渡良瀬は肩をすくめた。

「上がどうこうは関係ないだろうが。自分の道くらい自分で決めろって。そりゃ、命令は絶対だけどな。ノブらしいよな。どんなことにも、いっさい文句を言わない堅物ノブかよ」

気持ちも表情も起伏が激しく、自由奔放な渡良瀬に対して、香坂は口数が少なく、堅物《かたぶつ》で通っていた。

「まあ、トラよ。お前の道はお前が決めればいいことだけどよ。今はなんたって、鉄砲全盛の時代だろうよ。

我が軍に限らず、どこを見渡しても戦艦が海軍の主流。大将戦は間違いなく、どでかい砲を撃ちあって雌雄を決する。それは間違いあるまいよ。だから」

そこで渡良瀬は、わざとらしく胸を反《そ》らした。

「俺は決めたんだ。海軍一の鉄砲屋になるってな。俺の腕ひとつで国を守ってみせるぜ」

渡良瀬は右腕の力こぶをさすりながら続けた。

「それにひきかえ飛行機なんてのは、悪いが脇役にすぎんだろうが。ちまちまと艦の間を動きまわるだけ。せいぜい機銃をちょこちょこ撃ったにしても、戦艦の分厚い装甲はとうてい破れんぜ」

「今はな」

郡司は不敵に笑った。自信めいた口調と表情に、渡良瀬はたじろいだ。

「たしかに今は、飛行機など戦艦の足下にもおよばんかもしれん。だがな、そのうち航空機は戦艦にとって代わる」

「始まったよ、航空台頭論」

渡良瀬は渋面で香坂を見たが、香坂は淡々と聞き入っている。人の性格というものは、こうまで違うものなのかと渡良瀬は思った。

「いいか」

郡司はかまわず始めた。

「この一〇年間に戦艦は進歩した。速力、防御力、砲の口径、いずれの点でも進化したそれは、大型化と高速化の道をたどってきた。『天城』や『紀伊』を見れば一目瞭然だ。しかしな」

そこで、郡司の瞳が鋭い光を帯びたように見えた。

「それらは、二割から大袈裟に見積もってもせいぜい三割程度の進歩にすぎん。それが水上艦という兵器の限界なんだ。

それに比べて、航空機は控えめに見ても、その倍から三倍は進歩している。速力は言うに及ばず、搭載重量も飛躍的に増して、艦艇を沈めるだけの爆弾と魚雷の搭載が可能となってきている。

しかもそれは、空母から発艦して神出鬼没に襲ってくる。もはや戦艦にとって最大の脅威は敵戦艦ではなく、空から襲ってくる航空機となるのは時間の問題だ」

「おいおい」

得意げに主張する郡司に、渡良瀬が待ったをかけた。

「たしかに、進歩の度合いはそうかもしれんが、もともとの力を無視していないか？　航空機がいかに進歩しようとも、戦艦にはこれまで培ってきた基礎体力みたいなものがあるんじゃないのか？

航空機がふいに襲ってこようとも、どでかい戦艦に対空砲火をぶちかまされれば、あっという間に粉微塵にされるか、吹き飛ばされて墜落するかのどちらかだと思うがな」

「わかってないな」

郡司は左の人差し指を左右に振った。あらかじめ想定していた反論だという反応が、顔に表れている。

「一対一でしか物事を考えんから、そうした思考になる。戦艦は一隻、航空機は空母一隻で最低数十機は飛ばせる」

「いや、それを言ったら、高角砲や機銃の門数は、ひとつやふたつじゃないだろう」

「そうした無防備な兵装は容易に潰される。しのぎきれんよ。そもそも航空は左右上下と変幻自在の機動が可能で、稚拙な銃火は追随できん。

ほかにも航空優位を示す根拠はいくらでもある。編隊の連携は戦力を……戦術的な時間差の攻撃は……」

もはや議論にならなかった。

口数が非常に多い郡司は、いつも矢継ぎ早に言葉を浴びせて、渡良瀬や香坂を論破しようとするのである。

（こいつとは、いつも話しあいにならんな）

半ば呆れた様子を見せる渡良瀬の視線の先で、さすがの香坂も苦笑していた。

「おや？」

渡良瀬と郡司が戦艦対航空機について意見を闘わせているうちに、艦が減速したようだ。足下から伝わる機関音と甲板上を流れる合成風とが、明らかに弱まっている。

「あれだな」

香坂が左舷を指差した。

見れば、やや前寄りから斜めに向かってくる艦影がある。

「戦艦らしいな」

「……金剛型か」

しばらく眺めつつ、郡司と香坂があたりをつけた。

背負い式に配した連装砲塔二基を前後にひと組ずつと二本の煙突を持つ艦は、長門型戦艦と金剛型しかない。前後の砲塔の間隔が大きく開いていることから、金剛型戦艦と断定できた。

『古鷹』からすれば、排水量が四倍にもなる巨艦である。

「気に入らねえな」

渡良瀬が口を尖《とが》らせた。

「あのまま直進してくれれば、余裕をもって通過できたはずだ。それをわざわざひざまずいて針路を譲るような真似までしなくともよ」

「旗艦らしいな」

香坂は近づいてくる金剛型戦艦のマストに、少将旗が翻っているのを見逃さなかった。

戦艦の艦長には、大佐の階級の者が任命されるのが通例である。よって、少将ということは戦隊司令官の存在を意味する。

目の前の金剛型戦艦は、金剛型戦艦四隻で構成された第五戦隊の旗艦と考えるのが正しいはずだ。

「またノブの旗艦崇拝かよ」

「旗艦であれば、正確で豊富な情報が期待できるし、なにより情報が速い。戦術的にも戦略的にも、他艦を引っ張っていけるからね」

「だからなんだってんだい。旗艦なんて、俺はごめんだね。お偉方がどやどや乗ってきたら、へんに艦内がぴりぴりしてたまらん。

戦技、戦術で疲れるのはいいが、余計な気疲れなど勘弁してほしいぜ。それにだ」

渡良瀬の毒舌はとまらない。

「相手が戦艦といっても、紀伊型や天城型ならともかく、旧式の金剛型だろう？　『この新型巡洋艦の凛々《りり》しい姿を見よ』と、光り輝く主砲でも振りかざしてやればいいんだ」

金剛型戦艦は悠然と『古鷹』の前を横切っていく。

さすがにでかい。旧式とはいえ、戦艦の持つ圧倒的な重量感は否定できなかった。主砲も砲身一門一門が太く力強い。

「ちっ」

「ん？」

舌打ちする渡良瀬の後ろで、郡司がなにかに気づいた。

「あれは」

「気づかなかったな」

香坂も郡司に促されて、目を凝《こ》らした。

左舷にばかり気を取られていたため発見が遅れたが、いつのまにか右舷前方に新たな艦影が見えていた。

様子からして、どうも停泊しているようだ。

金剛型戦艦は、そこに向かうように進んでいる。

「戦隊の他艦かな」

「そんなところじゃないのか」

「おいおい」

『古鷹』までが、そこに向かうように回頭しはじめた。面舵を切って、先の金剛型戦艦の航跡をなぞるように進んでいく。

白く攪拌《かくはん》された海面を再び『古鷹』の艦首が切

りわけ、扇状の舷側波が広がっていく。

「ちょっと待てよ」

「なにか様子が変だ」

渡良瀬は郡司と香坂を一瞥《いちべつ》して顎《あご》をしゃくった。

二人も目を凝らす。

停泊中の艦と『古鷹』とは、正対する位置関係にありながら、距離が縮まりつつある。

雛壇式に並んだ前部の主砲塔は二基で、いずれも連装のようだ。

「あれは……うー」

「あっ！」

「え!?」

三人は一様に絶句した。

正面に見えていた砲口から、おもむろにまばゆい閃光がほとばしった。それに続いて、濛々《もうもう》とした煙塊が艦影そのものを隠すように拡散する。

停泊中と思ったのは、間違いだったようだ。閃光は真昼の太陽を連れもどしたかのようにまぶしく、逆に煙塊は夜の闇を誘ったかのように黒々として、かつ多量のものだった。

こんなものをしょっちゅう見せられたら、目がいかれてしまう。

そんな印象のものだった。

さらに驚いたのは、その直後だった。

「な、なんだ」

全身の毛を逆立たせる轟音に、渡良瀬と香坂は咄嗟《とっさ》に両耳に手をあてて頬をひきつらせ、郡司は頭そのものを抱え込むようにしてうずくまった。

遅れて届いた砲声は、雷鳴さながらだった。

しかも見えた閃光はふたつであり、恐らく一番、二番主砲塔の交互射撃と思われる。

たった二門の発砲で、これだけの砲声を轟《とどろ》かせるとは、いったいどれだけの艦なのか。

「聞きしに勝るデカブツだな」

「す、水雷長！」

香坂が弾かれたように姿勢を正して敬礼した。

郡司と渡良瀬も続く。

現れたのは水雷長の高橋雄次中佐だった。

（この人！）

渡良瀬は無意識に半歩、後ずさりした。近寄りがたいオーラに圧倒されたのである。

陽に焼けた彫りの深い顔立ちは、百戦錬磨の海の男を思わせるが、その笑顔を見た者はいないと聞かされていた。

それが気難しい性格や人への厳しい姿勢ゆえのものなのかどうかは知らないが、多くの経験に裏づけられた自信と風格のようなものが、びしびしと渡良瀬の肌を刺激した。

「穂高型巡洋戦艦の一番艦『穂高』」

「『穂高』……」

ぽかんと口を開ける三人に、高橋は続けた。

「まあ、お前たちが詳細を知る必要もないだろうが、天城型をはるかに上まわる艦だと聞いている」

「『天城』を……」

「ま、まさか本艦を標的に砲撃演習するのですか⁉」

「馬鹿を言うな」

恐る恐る言う渡良瀬に、高橋は呆れた顔を見せた。

「どこの世界に味方の巡洋艦を標的にするものがいるか。よく見ろ。砲撃は終わりだ」

「あっ、はい」

砲身は俯角《ふかく》をかけて固定されていた。高橋の言うように、発砲の意思がない証拠を示すものである。

「さっきのが演習とも思えんがな。俺には遊びに見えた」

「遊び……」

高橋が言う遊びとは、もちろん子供の遊びとは違う。真剣みを入れた演習ではなく、味方に対して挨拶代わりに撃ったつもりなのだろうとの意味だった。

「まあ、いつでも拝める艦ではないから、この機会にじっくり眺めたらどうだ。艦長はあえて近くに寄ろうとしているようだから」

『古鷹』は粛々と『穂高』に近づいた。近づけば近づくほど、その凄みが伝わってくる。

「でかいなあ」

三人は揃って感嘆の息を吐いた。

「見あげんばかりという表現は、こういうことだ」と主張するかのような艦体だった。

長門型戦艦から続く半円形の艦首とそこに戴く菊花紋章から主錨、天に向けてそびえ立つ前檣……と、なにからなにまでが桁違いに大きい。

乾舷の高さも、『古鷹』の艦橋を超えるのではないかと見えるほどだ。

そして、なにより特筆すべきは、鎮座する巨大な主砲塔である。それ一基で駆逐艦にも匹敵するのではないかと思わせる大きさと重量感で、それが前後部に二基ずつ背負い式に連なるのは、まさに山脈と呼ぶにふさわしい。

そこから伸びる砲身もまた、太くて長い。

長門型や加賀型の四一センチ主砲は何度か目にしたことがあったが、眼前の『穂高』の主砲は明らかにその上をいっている。

いったい、どれだけの巨砲なのかと、ため息しか出なかった。特に鉄砲屋を志した渡良瀬にとっては、大きすぎるほどの衝撃だった。

「新世代の巡洋艦である『古鷹』は、戦艦をも脅かす強力な艦だ」といきがっていたが、『穂高』は新世代の革新的戦艦である。

『古鷹』から見れば、はるかに格上の艦であることは間違いない。渡良瀬は自分が井の中の蛙にすぎなかったことを恥じた。

「これでは新鋭重巡もかたなしだな」

「おい、キン」

「………………」

香坂と郡司をよそに渡良瀬は絶句して一人『穂高』に見入っていた。魅入っていたと言うほうが、正しいかもしれない。

『穂高』を見る渡良瀬の眼差しは、いつのまにか羨望のものと化していた。

「いつか、こんな大きな戦艦に乗りたい。いつか、あんな砲を操りたい」

しかし、渡良瀬の内なる炎で燃えさかる感情は、そんなところでとどまるはずがなかった。

旺盛な好奇心と探究心、そして野望とさえ言える向上心は、すぐさま数段先の意思と目標に行きついていた。


「海軍一の鉄砲屋になるという自分の大きな目標を成し遂げるためには、海軍一の穂高型戦艦の砲を操ってこそのものである。

俺は必ず穂高型戦艦に乗り組んでみせる。そして、穂高型戦艦の主砲を、この手で操ってみせる。穂高型戦艦の主砲をぶちかますのは、この俺だ！」

いつしか、渡良瀬の口元には笑みすらのぞいていた。

大きな希望と期待に向かって、渡良瀬はまた新たな一歩を踏みだしたのである。

第4章　大戦勃発！

一九三九年九月一日　日本

日米関係は危ういながらも、かろうじて均衡を保っていた。

一九〇八年の満州国建国以来、険悪化した関係はすでに数十年に及んでいる。その間にはアメリカによる対日経済制裁の発動や国境付近で警備隊の衝突がたびたび発生するなど、数々の危機もあったが、両国の全面戦争に発展することはなかった。

世論や権力闘争などの国内問題も複雑に絡んで、両国をのせた天秤は常にかたかたと音を立ててふらつきながらも、けっして一方に傾くことなく、現在にいたっていたのである。

互いの不信は軍拡を招き、大艦隊が太平洋の東西で睨みあう格好となっているが、その砲列が火を噴くことはなかった。

いつしか、この日米の対立構造を世界は冷たい戦争——冷戦と呼ぶようになっていた。

ただ、日本の八八艦隊計画とアメリカのダニエルズ・プランという、両国海軍の大拡張計画が完了し、以後は財政問題も影響して両国海軍の建艦ペースは急速に衰えていた。

艦は造ったら終わりではない。竣工後は維持費がかかる。当然、大艦隊を整備すれば、その後の運用コストは跳ねあがる。

それが如実に表れた結果だった。

薄氷の上ながらも、見かけ上の平和は続くかと思われたが、それは思わぬところから綻《ほころ》びはじめた。

欧州での戦火に端を発する第二次世界大戦の勃発だった。

同日　ドイツ・ポーランド国境

この日の夜明けは東から昇る太陽ではなく、機械的な轟音によってもたらされた。

突如、ドイツ軍が国境線を突破して、ポーランド領内になだれ込んだのである。

空からはユンカースＪｕ87スツーカの大群が、うなりをあげて飛来した。

ジェリコのラッパと呼ばれる独特の甲高いダイブ・ブレーキ音は恐怖心を呼びさまし、ポーランド人にとっては悪魔の叫びに等しかった。

虚を衝かれたポーランド軍と周到な準備の下に行動したドイツ軍との差は絶望的なほど大きく、ドイツ軍は電撃的な勢いでポーランド国内を席巻していった。

伏線がなくはなかった。

第一次世界大戦の敗北とヴェルサイユ条約の締結によって、国外の権益を一挙に失うとともに多額の賠償金を課せられたドイツは、窮乏にあえいでいた。

国民の不満は鬱積し、排他的で過激な思想が台頭しやすい環境が、ドイツ国内にはできあがっていた。

そこに出てきたのが、国家社会主義ドイツ労働者党、略称ナチスだった。

ヴェルサイユ体制の打破を訴え、ドイツ国民の尊厳と強いドイツを取りもどすとしたナチスは、ドイツ国民の間に急速に浸透し、またたく間に第一党に躍りでた。

実権を握った党首アドルフ・ヒトラーは、総統を名乗って再軍備を宣言し、フランス国境沿いの緩衝地帯ラインラント地方への進駐、オーストリアの併合等々、次々と対外強硬姿勢を打ちだした。

もちろん、ドイツ以外の欧州諸国がこれらをただ看過するはずはない。特にヴェルサイユ体制の主要国だったイギリスとフランスが、ナチス・ドイツの動きに歯止めをかける役割を担っていた。

そこで、ヒトラーもチェコスロバキア国内のズデーテン地方の併合を「最後の領土的要求である」と申し開きしていた……はずだった。

しかし、ポーランド侵攻は、それが単なる口先だけのでまかせにすぎなかったことを、事実として物語っていた。イギリスとフランスの態度は、あまりに消極的で甘すぎたのである。


ポーランド軍は勇敢に戦ったが、近代化されたドイツ軍の前に劣勢は否めなかった。自慢の騎兵隊も、高度に機械化されたドイツ装甲師団の敵ではなかった。

また、西からのドイツ軍に加えて、東からソ連軍が侵攻してきて、ポーランドはいよいよ進退窮まったと言えた。

大国ポーランドは、たった二カ月であえなく世界地図上からその名を消した。

ソ連との不可侵条約を結んだドイツはその後、ベネルクス三国を制圧し、フランスさえもわずか一カ月で降伏に追いこんだ。

このようなドイツの「成功例」に触発されたイタリアも動きだしたことで、戦火はバルカン半島や北アフリカへも広がっていった。

それらは一見、日本からは遠い国の出来事であり、日本への影響はなにもないように見えたかもしれないが、それは大きな誤りだった。

世界中へと広がる戦火は、日本の足下にもすぐ飛び火してきたのである。

一九四〇年六月三〇日　仏印

火のついた三色旗が、無造作に地面に投げ捨てられていた。

銅像が倒され、銃声がそこかしこから響く。

カーキ色の半袖半ズボンに半長靴と巻きゲートル、それに金属製の錨をつけた防暑帽という、フランス植民地軍の軍装で身を固めた兵の死体があちこちに転がり、銃を手にした者たちが奇声を発しながら進む。

その身なりは、お世辞にも揃っているとは言いがたい。色とりどりの、破れかかった服装の者はまだいいほうで、白い布きれ一枚を羽織った者や、上半身裸の者すらいる。

武装もばらばらで型式、大小さまざまな銃を持つ者から斧やナイフ、棍棒のようなものをふりかざしている者もいる。

だが、統一されていることがひとつだけあった。それは、襲撃の対象がこれまでの支配の象徴であった総督府とそれに関連する人や物であることだった。

宗主国を失った仏印は、たちまち動乱の地に早変わりしていた。

これまで支配され、搾取されつづけてきた現地民の怨念と怒りが、ここで一挙に噴きだしたのである。

当然、装備や練度、組織としてのまとまりといった点では、フランス植民地軍が優れていたはずだが、群衆は数の力でそれを覆した。

兵から武器を奪い、集団で取りかこみ、支配者たちを排除していったのである。

動乱は、はじめはサイゴンなどの大都市で勃発したが、すぐにそれは地方にもおよび、仏印全体が揺れ動きはじめた。

その勢いはとどまるところを知らず、国外にまで波及していくかのようだった。

一九四〇年七月三〇日　東京・霞が関

それぞれ海軍大臣と連合艦隊司令長官の要職についた吉田善吾と山本五十六は、海軍省の一室で睨みあっていた。

海兵三二期の同期である二人が激論を交わすのは、これまでにも何度もあったが、地位が高くなればなるほど、その意味合いは増す。

特に今回は激流と化す国際情勢の中で、日本という船がどう舵を切って進むかという、重大な意見交換の場だった。

「それで、吉田よ。まさか貴様、南進論に賛同してきたわけではあるまいな」

食ってかかるような口調の山本に、吉田は顔をしかめながら答えた。

「心配するな。アメリカに戦争の口実を与えてはならない。アメリカやイギリスとの間に、余計な波風は立てないほうがいいという点では、俺も貴様と同意見だ。ただな」

吉田は忘れてはならないと、念を押すように言った。

「上海や海南島に事が及んではまずい。これは事実だ。それを恐れて強硬論を唱える者たちも、我が軍には数多くいる。それを消すことは、まず無理だ」

「だから、貴様がしっかりと主導権を握って、誤った方向に海軍がいかないよう、目を光らせてくれと言っているんだ」

　山本は連合艦隊司令長官という海軍の最重要職位のひとつについているが、これはいわゆる現場の長であって、軍政に関する権限はない。

　海軍の軍政をつかさどるのは海軍省であって、海軍の代表として陸軍や政府と交渉にあたるのは、海軍大臣である吉田の仕事だった。

　欧州の戦争の影響は、アジアにもおよんでいた。ドイツに本国を占領されたオランダとフランスの植民地で、民衆が反乱を起こしたのである。

　それらはいずれも直接的に日本に関係する問題ではなかったが、その余波はさまざまな課題を日本につきつけていた。

「仏印も蘭印も、現地民の矛先《ほこさき》がフランスやオランダの出先機関に向いている間はいいのだがな」

「反乱や動乱といった意味だな」

「うむ」

「ここまではいい」と、吉田は山本の顔を見ながら、うなずいた。

「だが、武器を持った群衆が暴徒化して、治安が悪化するのはまずい。民兵組織のようなものが乱立するのもな」

　吉田は壁にかけられた地図に視線を流した。

　視線が日本から東シナ海、南シナ海を通って、ジャワ海方面に移っていく。

「すでに蘭印はそうした段階に入ってしまっている。支配者、被支配者の構図に関係なく、略奪や暴行、殺人が頻発する無法地帯にな。

　放っておけば、仏印が同じ状況になるのも時間の問題かもしれん。

　我々にとってまずいのは、そうした動きが上海あたりにまでおよんできたり、大量の難民が流入してきたりすることだ」

　吉田の言葉に間違いはなかった。

日本は日清戦争の勝利で、上海や海南島を中心とする中国南部に租借地を獲得していた。この地は、特に海軍にとって南方を臨む重要な戦略拠点として機能していた。

その地が荒れてしまえば、海軍の活動に大きな支障をきたす可能性がある。

「だからといって、仏印や蘭印に直接手を出すのはいかんぞ。絶対にいかん」

山本は強調した。

「それは考えるまでもなく、イギリスとアメリカを刺激する。イギリスは自分たちの領域であるマレーやシンガポールが脅かされると危機感を抱くだろうし、アメリカには我々を叩く正当なきっかけを与えかねん。絶対に駄目だ」

「ではどうする、山本よ」

「決まっている！」

吉田の問いに山本は語気を強めた。

「守りたい地に戦力を出して、防備を固めるまでだ」

「海上はそれでなんとでもなるだろう。だがな、山本よ。上海は地続きなんだ。我々の乏しい陸戦隊などでは、とうてい全域をカバーすることはできん。

となれば、陸軍の力を借りねばならんが、陸軍は仏印、蘭印の問題を南方進出の好機と見ている」

「南進論か」

山本は眉間を狭めた。

かねてから日本陸軍には、国益の拡大を狙った「北進論」と「南進論」という、ふたつの戦略的行動計画が存在した。

本当ならば満州国を足場として、蔣介石率いる国民党と共産党とが内戦を繰りひろげる中国に進出したいところだが、それは北の大国ソ連もうかがっており、容易ではない。

下手に仕掛ければ、三軍を相手にした泥沼の戦争に巻き込まれる恐れがある。

よって、相手が決まっている南であれば、より実現性が高いと陸軍は睨んでいた。

さすがに直接侵攻というのは無謀すぎるので、現地の有力な勢力に肩入れして取り込もうというのが、現実的な策であると検討されているらしい。

「南方は食糧も地下資源も豊富だからな。油田にも事欠かん」

「油ならば、樺太にもあるだろうが」

「平時ならばそれで賄《まかな》えるだろうが、いざ戦時となれば不安がある。これは海軍省の研究でもはっきりと出ている」

「貴様、陸軍に肩入れするのか！」

「そうは言っておらん」

声を荒らげる山本に、吉田は右腕を大きく左右に振って否定した。

「藪《やぶ》を突いて蛇を出す愚行をすすんでやろうとは思わんよ。ただな、上海などで変な動きがあれば、話は変わってくる」

「貴様の得意な消極的反対か。ワシントン会議のときもそうだったな」

山本は深いため息をついた。

意思が強く、白黒をはっきりつける山本と違って、吉田はそれほどまでに押しの強い男ではなかった。頭は切れるが神経質で、内面にストレスをためやすい男——それが吉田という男の性格だった。

吉田は続けた。

「俺も海軍内に軽率な行動がないように目を光らせていくがな。総長の問題もあるから、正直どこまで押さえられるかわからん」

「総長か」

山本はうめくような声を出しながら、軍令部総長永野修身大将の顔を思いうかべた。

ワシントン会議の際に台頭してきた軍拡と強権主義を振りかざす艦隊派の流れを汲む人物であり、思想の根底には海軍主導による国の拡大があるらしい。

その永野総長の考えることなど、想像する必要すらなかった。

「仏印、蘭印に火種があるならば、それを元から断ってしまえばいいというのが、総長の考えらしい。もともと総長は対米戦すら念頭に置いている方だからな」

「…………」

諦めも混じる吉田に、山本も言葉がなかった。

欧州で始まった戦争とそれに関連する問題とは距離を置こうとする勢力と、積極的に関与して権益拡大をはかるべきという勢力とが対立する構図が、日本国内にできあがっていた。

陸軍は後者であり、海軍は二分されていた。

だが、対立と争いを避けていこうとする穏健派の旗色はきわめて悪かった。

無責任で目先の好意的反応ばかりを追い求めるメディアが、またもや虚妄の世論をつくりあげてしまったのである。

「フランスやオランダが統治能力を失って荒れる地域を平定できるのは、大国日本だけである」

「アジアの盟主である大日本帝国は、東南アジアの動乱を鎮める義務さえ負っている」

こうした論調や風潮に勢いを得た積極派は、着々と計画を具体化させていったのだ。

一九四〇年一一月一〇日
瀬戸内海・柱島泊地

海軍軍人渡良瀬欣司は充実した日々を送ってい

た。海軍一の鉄砲屋になることを夢見て、渡良瀬はこれまで軍務に精励してきた。

海軍に入って一三年、途中で上と衝突してもたついた時期もあったが、下士官の最上位である兵曹長の地位までのぼった渡良瀬は、念願だった戦艦の方位盤射手についていた。

渡良瀬は今、戦艦『日向』の三五・六センチ砲の成否を左右する立場にある。

砲撃の歴史は長いが、艦砲の射撃技術は今なお日々進化している。

以前であれば、砲塔ごとにそれぞれ目標を観察し、別個に射撃を行う方式しかなかった。

これを個別照準射撃と呼ぶ。

しかしながら、目標の観察、すなわち測的の機器と方法の進化は、艦砲の射撃技術を根本的に改めた。

まずは、より遠い目標を速く正確に捉えるために、観測場所は艦上高くに設けられるようになった。さらに、より遠くを見渡せるだけでなく、観察データを処理するための周辺機器や人員の増加によって、観測場所を載せた前檣は単純な棒檣や三脚檣から、複雑な檣楼状のものへと変わっていった。

そして、観測場所は目標の方位を見る方位盤と距離を測る測距儀を併設し、射撃指揮所として整備されていった。

射撃指揮所での測的値は、自艦の針路や速度、風向、風速、気温、湿度などの値とともに機械式計算装置である射撃盤に入力され、目標の未来位置に向けての砲身の俯仰角《ふぎょうかく》と砲塔の旋回角がわりだされる。

それは電気的信号によって各砲塔に伝達され、射撃指揮所で引き金を引くことで、主砲全門が発砲できるようになった。

これを方位盤射撃と呼ぶ。

つまり、方位盤射撃というものは、高い測的精度を有しつつ、一元管理による誤差を極小化した射撃方法といえるのである。

渡良瀬は今、戦艦『日向』の射撃指揮所で全一二門を発砲する役割を任されている。

もちろん、それをこなすには豊富な経験と磨きあげられた技量、そして研ぎ澄まされた感覚が必要だ。

ただ引き金を引けばいいというものではない。時機を誤れば一部の砲が発砲されない出弾率の低下を招く。当然、まごまごしていれば勝機を手放す。

同時に担う上下方向の測的手——俯仰手としての役目もきっちりとこなさねば、命中の前提も崩れる。

渡良瀬はこれらを兼ねそなえた男として、多くの鉄砲屋が憧れるこの地位を勝ちとったのである。


「先日の戦技競技会の結果を報告する」

『日向』艦長橋本伸太郎大佐は、最上甲板に集めた主だった乗組員を前に飄々《ひょうひょう》とした顔で言った。

戦技競技会、略して戦競とはその名のとおり、日本海軍に属する艦艇が個艦単位でその腕を競う会だ。日頃の訓練の成果を測るには、もってこいの場だった。

(艦長の表情がさえない。まさか、本艦の成績はふるわなかったか)

渡良瀬は橋本の様子を見て、顔をしかめた。

「まず、水雷部門は一等が駆逐艦『吹雪』、二等が駆逐艦『初霜』、そして軽巡『名取』が三等だった」

(やるな、ノブ)

渡良瀬はぴくりと眉を跳ねあげた。

第三水雷戦隊の旗艦である『名取』には、ノブこと同期の香坂信《まこと》兵曹長が乗っている。

水雷の道を歩む香坂は、発令所長として水雷長を補佐する立場にあると聞いている。『名取』の好成績に関して、香坂の功績は大きいに違いなかった。

「航空の水偵部門は、重巡『利根』飛行科が最優秀と評価された。さすが専門につくられた艦だけあるな」

（トラの奴）

渡良瀬は心の中でつぶやいて、歯を噛みならした。

利根型重巡洋艦は偵察や弾着観測の強化を目的として、水上機を六機搭載した航空巡洋艦とでも呼べる艦だった。

これまでは戦艦や巡洋艦が一機ないし二機の水上機を積んで、それぞれ個別に対応してきたが、利根型重巡は一隻で戦隊や艦隊単位の行動をカバーすることができる。

当然、故障などの不測の事態にも対応できるし、整備や補給の意味でも、一隻に航空機を集約できれば利点は大きいとされていた。

渡良瀬や香坂と同期のトラこと、郡司虎雄は航空に転身して、その『利根』の飛行科に所属している。しかも渡良瀬と香坂に先がけて特務少尉の階級を得て、いち早く士官の仲間入りを果たしていた。

（有言実行は、この俺が信条とするはずだったがな）

橋本の報告は続く。

「次に爆雷……爆撃……で、問題の砲術だが」

渡良瀬はごくりと生唾《なまつば》を飲み込んだ。あたりが静まりかえる。

橋本艦長の視線は伏せられたままだ。

「本艦は戦艦部門で……」

そこで橋本は顔を跳ねあげた。快活な声で発する。

「第一位だった」

その瞬間、場がどっと沸いた。砲術科の者はもちろん、ほかの兵科や機関科の者たちも、全員が歓喜の表情を見せた。

割れんばかりの拍手をする者たちがいれば、拳《こぶし》を高々と突きあげる者、奇声を発して飛びあがる者もいる。

やはり、戦艦にとっては砲撃が命といえる。

これは最大の勲章だった。

「静粛に」

橋本は大きく発してその場を鎮めた。表情が微妙に変化して唇が尖っていた。

「ただ、全体では本艦は二位だった」

橋本の声には、はっきりと悔しさが滲んでいた。

どうせならば、すっきりと一番がいい。当然のことだ。

「一位はどの艦でありますか」

「『熊野』だったよ」

「『熊野』かあ」

一同からため息が漏れた。

『熊野』は最上型軽巡洋艦の三番艦で、一五・五センチ三連装砲五基一五門の重武装艦である。

日本海軍は長年、予算と建造能力を戦艦に集中してきたため、巡洋艦戦力の整備がおろそかになっていたとの自覚があった。

その遅れを取りもどそうと計画されたのが最上型軽巡であり、多門数の主砲を持つ意欲的な設計の艦としてできあがった。

同時に開発された六〇口径三年式一五・五センチ砲は高初速で威力があり、弾道も安定していると評価は上々だった。

『熊野』はこの最上型軽巡の三番艦であるが、砲術技量に優れる理由はほかにもあった。

「『熊野』の艦長は猪口大佐だからなあ」

誰かがつぶやくのが聞こえた。

「猪口大佐……」

一介の下士官にすぎない渡良瀬でも、猪口大佐の名は聞いたことがあった。猪口敏平大佐――海軍屈指の砲術の権威と言われる人物だ。

ある程度確立されているはずの現在の艦砲術について、いまなおさまざまな射法を斬新な発想と確かな理論をもとに研究しているらしい。

「ただな」

橋本は今一度、声を張りあげた。

「軽巡と戦艦とを同じ土俵で比べるのが正しいやり方とは思えん。我々は敗れたのではない。いいか、これはけっして負け惜しみではないぞ」

多少笑みが混じる橋本に乗組員もならった。

「諸君らはこの成績を誇りに、今後なおいっそう自己研鑽《けんさん》に励んでもらいたい。


知ってのとおり我が国を取りまく状況は、予断を許さなくなってきている。万一の事態に備え、いつでも出動できるように努めるのが我々の使命だ。以上！」

そこで橋本は締めくくった。

一九四一年八月二〇日　ワシントン

駐米大使野村吉三郎を迎える目は、氷のように冷たかった。

「ミスター・ノムラ、ここに呼ばれた理由は、あらためて申しあげる必要はありませんな」

「………」

あらかた見当がつくというより、百も承知だったが、野村はあえてひと呼吸置いて口を開いた。

クローズアップされている事象は同一でも、日米では見解の相違がある。立場や姿勢の違いがあることも明白である。

それをうまく主張するのが野村の仕事だった。

「独立宣言した二国のことでしょうか」

「貴国の言い分では、そういうことになるのですかな」

野村を見つめる国務長官コーデル・ハルの言葉は努めて平静を装ったものだった。本来ならば大きなため息をついたり、唖然とした様子を示したり、声を荒らげたりするところだったろう。

だが特に外交の場合では、そうしたことはご法度だ。

自分たちの主張を相手に正確に伝えることは必要だが、はじめから姿勢や感情をあらわにしては、相手にペースを握られてしまう。極力手の内を隠して進めるのが、外交交渉の常識だった。

とはいえ、今回の件は交渉といった性格のものではない。アメリカ政府としての、警告を発するものだった。

「それよりも我々が問題視しているのは、貴国の軍の動きです」

ハルに代わって言ったのは、ハリー・ホワイト前財務次官補だった。一時期、財務省から海軍に出向していたときに現大統領ハーバート・フーバーの目にとまり、今では大統領首席補佐官としてホワイトハウスに常駐している。

「今回は大統領に代わって、私が忠告に参りました。大統領がいらっしゃれば、もう貴国とて後がない状態になってしまいますからな。まだ貴国の対応次第で事態を打開する余地がある。そうは言っておきましょうか」

表情をこわばらせる野村にホワイトは冷笑した。吊りあがった目と高い鼻、そして怪しげに揺れる薄い唇は、悪魔のそれだった。

「我々はあくまで現地政府の要請に基づいて行動

したまでです。我が日本の軍が、独自の考えで動いたわけではありません」

「現地政府？　要請？」

ホワイトは笑みをこぼした。呆れた様子と嘲笑とが混じったものだった。「よくもまあ、そんな詭弁《きべん》を」という言葉が、ホワイトの顔に書いてあるようだった。

現地時間で八月一六日から一七日にかけて、これまで仏印、蘭印と呼ばれていた地域は、相ついで「独立」を宣言した。

旧宗主国であるフランスとオランダがともにドイツに本国を占領された機に乗じて、総督府とそれに付随した植民地軍に対して反旗を翻した最大勢力が、それぞれ東インド共和国、南インド共和国の建国宣言に踏みきったのである。

その二日後、日本陸軍はそれぞれの地に部隊を進出させた。

それは新政府の要請に基づいて、治安維持のための警備隊を現地に派遣したにすぎない。

野村は、そのように釈明したのである。

もちろん、事実も本音も異なる。

建国宣言の裏で組織を支援したのは、ほかでもない日本軍と日本政府そのものであったし、進駐の本音は、北方への難民の流入抑止と反乱の拡大防止にあった。

無論、戦時に備えた資源地帯の確保という意味合いもある。

「ミスター・ノムラ、無益な話で無駄な時間を費やすほど、我々も暇ではありません」

今度はハルが厳しい口調で発した。

「貴国が言う東インド共和国や南インド共和国なる組織を、我が合衆国は認めておりません。国家などもってのほかです」

野村は精一杯反論した。

「両国は我が日本が一方的に喧伝しているものでもなく、近隣のタイ国も国家樹立を支持しています。国際的にも正当なものと考えますが」

「本国をドイツに占領されたフランスとオランダの窮状につけこむやり方が正当とは、聞いて呆れますな。タイ国にしても、あなたがたの同盟国のようなものでしょう」

ついにハルは態度に表した。

「いいですか。これは満州国と同じです。貴国が自分たちの都合のいいように現地民を操り、傀儡国家を造りあげた。鮮やかすぎる段取りが、いかにもそれを物語っている」

「傀儡とは、こちらも聞き捨てなりませんな。どこにそのような証拠が。貴国とて、我が国を侮辱していいというものではありますまい」

正当に反論しているつもりだったが、野村はここで大きな失態を犯していた。

仏印と蘭印の問題については、ここで白黒はっきりさせるべきものではなかった。曖昧《あいまい》な態度や質問には逆に質問で返すなど、時間稼ぎや論点をぼかすのが、野村に求められている役割だった。

だが、これでは論点、争点は明白だった。野村は売られた喧嘩を買ってしまったのである。

野村の言葉を一笑に付してハルは続けた。

「我が合衆国は自由と正義を愛する国家です。卑劣な侵略行為は断じて許すことができません」

（その自由と正義を愛する国家とやらが、近隣諸国を統括して事実上併合したりしているとは、それこそこちらが聞いて呆れる。

大西洋と太平洋とを結ぶ運河が欲しくてパナマを、そして中米のニカラグアやコスタリカを軍事力でひれ伏させている張本人こそ、あなたがただろう。それを侵略と言わずしてなんと言う）

そんな言葉が喉元まで出かかったが、野村はかろうじて自制した。

「侵略行為とおっしゃられても、我々にはそうした意図も野心もありません。あくまで現地政府の要請に基づく協力行為ですので」

野村は同じ主張を繰りかえした。

「議論になりませんな」

ハルはわざとらしく、ため息を吐いた。

「貴国の行動に不信と懸念を抱いているのは、我々だけではありません。大英帝国もまったく同意見です」

(まあ、そうだろうな)

「予想されたことだ」と、野村は表情ひとつ崩さなかった。

仏印や蘭印が日本の手に渡ったとして、脅威に感じるのはアメリカよりもむしろイギリスのほうである。

イギリスはマレーやシンガポールといった仏印、蘭印に隣接する植民地を持っている。

欧州や北アフリカでドイツとの戦線を抱えているイギリスが、同地の防衛に割ける戦力は限られている。日本軍が大挙して押し寄せてきたら、ひとたまりもないと考えるのも自然なことだ。

こうしたことを先読みして、日本政府は「マレーやシンガポールへの野心はまったくない」「必要であれば協定を結んでもよい」と、イギリス政府に水面下で打診したが、まともな交渉にすらならなかったと、吉田は聞いていた。

恐らく、アメリカが同地の防衛を約束したり、下手をすれば欧州の戦争への手助けを約束したりと、なんらかの密約があったに違いない。

やはりワシントン海軍軍縮会議を蹴った時点で、日本は同時に対英関係も決別させてしまったのである。

「あえて言いましょう」

ハルは両腕を組んで斜めに顔を向けたまま、吉田を睨んだ。とても対等な外交の場ではない。明らかに上から目線で見下す態度だった。

「我々合衆国は仏印、蘭印からの貴国軍の即時撤退を要求します」

「それはできません。これは我が国の意思ではなく、現地政府の意向ですから」

ここでも野村は対応を誤った。

ハルの姿勢に対する反発と仏印、蘭印はそもそも過去にフランスとオランダが侵略して手に入れた土地ではないか。仮にそれを日本が奪ったとしても、フランスやオランダ、ましてやアメリカに文句を言われる筋合いはないとの本音から、野村はつい即答してしまったのである。

本当ならば、野村はここで「本国政府に打診して回答したいので、いったん持ちかえらせてほしい」と申しでたり、「貴国の要求はわかりました。我々にもなんらかの採りうる手段があるでしょう」と受け入れるそぶりだけでも見せたりと、時間を稼ぐべきだった。

そのうえで、アメリカ側からなんらかの譲歩を引きだしたり、妥協案を探ったりすることもできたはずだ。野村は知らず知らずのうちに、敵の術中にはまっていた。

「ミスター・ノムラ、貴国の考えは今、はっきりと伺いました」

ホワイトの目は笑っていた。酷薄とした内面の感情が滲みでたものだった。

「貴官の言葉は大統領に伝えましょう。それがいかなる重大な事態を招くのか、それは貴国の責任です。いいですね」

ここで野村は、はっとして我に返った。

アメリカに戦争の口実を与えてはならない。交渉の余地は常に残しておくように心がける。

そう、自分に言いきかせていたこととは、まったく逆の行動を自分はとってしまったと気づいたが、もう遅かった。

日米交渉の決裂は、ここで決定的となった。話しあいは最初から噛みあわず、日本もアメリカも互いに譲歩する余地などなかったのかもしれないが、野村はそこに自ら終止符を打ってしまった。

もちろん、東京でも日本政府と駐日大使ジョセフ・グルーとの話し合いがもたれるだろうが、日本が譲歩する意思はまったくないと、ここでアメリカは確信を得たのである。

もはや開戦は目前のものになってしまったと、野村は自身の行いを悔い、絶望した。

野村の震える双眸には、退席を促すホワイトらの姿はもはや映っていなかった。

一九四一年一〇月一五日　南シナ海

南遣艦隊司令長官高木武雄中将は、旗艦『那智』の艦上から漆黒の海上を見おろしていた。

南遣艦隊とは、南方に広がった日本の勢力圏を保護、警備することを目的として組織された艦隊である。

戦力は高木が将旗を掲げる重巡『那智』のほか、水上機母艦が一隻と駆逐隊が二隊という小所帯だ。ただ、山本五十六大将が率いる連合艦隊とはまったく別の組織として編成されているため、独自の動きができることが特徴だ。

「ずいぶん暗いな」

「気象班の報告によりますと、今晩は雨が降らないまでも雲が分厚く、広範囲に垂れ込めるとのことです」

ぽつりとこぼした高木に、首席参謀神重徳《かみしげのり》大佐が答えた。

「月齢からいって半月の光があるはずですが、ほとんど海上には届かないでしょう」

「そうか」

高木はゆっくりと視線を左右に振った。

海と空、海と陸の区別はまったくつかない。まるで境界線が闇で溶かされ、一体化してしまったかのようだ。ともすれば、自分たちは闇夜という墨一色の空間に浮いているような錯覚さえ覚える。

「英軍の領域には入るなよ」

高木は航海参謀らに注意を促した。

日米関係とともに日英関係も今、非常に微妙な問題となっている。

国交断絶や戦争状態にすら入りかねないと言われている危険な状況のなかで、当然ながら無用の刺激は避けねばならなかった。

南遣艦隊がうっかり英軍の領内に踏みこみ、砲火を交わさずとも挑発行為や攻撃行動とでもみなされれば、重大な国際問題を引きおこしかねない。最悪、日英の全面戦争、ひいてはアメリカをも巻き込んだ大戦にすら発展しかねない。

そうなれば、「うっかり」などではとうていすまない問題である。

「近くに英軍の艦艇はいないだろうな」

高木は念を押した。

戦場ではなにが起きるかわからない。偶然が偶然を呼び、双方の思惑とはまったく違う展開になるケースも珍しくはない。

互いの意思とは関係なく、戦争が「偶然」始まってしまった例も歴史上数多い。

「昼間の航空偵察からは、少なくとも半径二〇〇海里以内に英軍の艦艇らしき艦影は確認されていません。

また陸軍筋の情報では、シンガポールの港に英艦隊の停泊が確認されています。今晩中にばったり出会う可能性はないでしょう」

「そうか」

神の返答に高木はうなずいた。

「現在位置は？」

「北緯七度、東経一〇三度。マレー半島の中央付近にあたるコタバルの北東五海里といったところです」

南遣艦隊は南シナ海の西端付近を遊弋《ゆうよく》していた。将旗を翻した高木の重巡『那智』が、駆逐艦を引きつれながら、ゆっくりと東西を行き来する。

古鷹型重巡で確立した日本重巡特有の強いシアーのついた艦首がきれいに海面を切りわけ、ピラミッド型に配置された前部三基の主砲塔が、飛沫を浴びて海水を滴《したた》らせる。

仏印進駐によって、日本の勢力圏はついにイギリスの植民地と隣接するにいたった。

もちろん、それは海を隔ててという注釈がつくものの、陸路でも友邦タイ国と隣接し、そのタイ国はイギリス領マライに接している。

高木としては、「国境」監視と視察が目的の軽い気持ちだったのだが、その軽薄な考え自体が問題だった。

高木はすでに火薬庫につながる導火線に、火をつけてしまっていたのである。

「国境付近に異常なし。不穏な兆候は見られず」

そんな報告書の文面が、高木の頭にちらついていた。闇夜の海上で聞こえるのは、わずかな波の音だけである。

「長官、そろそろ一度休まれたら」

「そうだな。そうさせてもらうとするか」

神の助言に高木は振りむいた。日英関係が切迫しているなど、嘘のような状況だった。

（中央はなにかと騒ぎたてるが、大袈裟に考えているだけではないのか）

しかし、楽観する高木をよそに、静寂は突如として破られた。

「発砲のものとおぼしき光を確認！　陸地の方角です」

「なにっ！」

見張員の報告に、高木は慌てて上半身をひねった。羅針艦橋から一歩出かけた右足を引きぬき、よろめきながら再度前方に駆けよる。

砲弾の飛来音はない。明滅する橙色の光は、銃撃によるものなのか。左右に広がっているが、とりあえず『那智』に向けられたものではないようだ。

だが、すぐに太い閃光が闇を切り裂き、砲声らしい轟音が海上に轟く。

「長官、ご命令を」

「そ、そうだな」

神に促され、高木は命じた。

「そ、総員配置につけ。南遣艦隊全艦は夜戦、夜戦に備え」

高木の声は上ずっていた。とぎれとぎれになった声が、高木の慌てぶりを示していた。

「見張員、雷跡警戒、厳に！　見落とすな。いつ仕掛けてきても、おかしくないぞ。聴音手は耳を澄ませ」

『那智』艦長清田孝彦大佐が命じた。

この状況でもっとも注意が必要なのは、潜水艦の襲撃だ。

発砲の喧騒に紛れて近くに忍びより、こっそりと魚雷を放ってくるかもしれない。機雷という置き土産も考えられる。

それに加えて怖いのは、陸地に近いことから魚雷艇が襲ってくる可能性もあることだ。突然、闇を振りはらうようにして現れた魚雷艇が、必殺の雷撃を仕掛けてくる可能性も否定できない。

それを察知してか、二隊計八隻の駆逐艦は散開して警戒にあたりはじめた。それぞれが受けもった方角に万全の注意を払う。

だが、海中からの刺客や海上の狼が現れることはなかった。

どうやら、発砲は陸上の部隊どうしによるものらしい。陸上から南遣艦隊に向けて飛ばされる砲弾はない。

(しかしな)

高木は思案した。

(ひと安心はいいとしても、自分たちはこのまま傍観していていいのか？　そもそも、あの銃火はなんだ。タイ軍と英軍の国境警備隊が衝突したとでもいうのか。

だとすれば、これは戦争だ。タイは友邦であって放っておくわけにはいかない。しかも、我が陸軍がタイ軍を支援している可能性もある。ならば、自分たちも参陣すべきか。いや……)

そこで高木は、連合艦隊司令長官山本五十六大将の言葉を思いだした。

「自分たちからは、絶対に撃ってはならない。どのような挑発を受けようと、どのような場面に出くわそうと、自分たちから手を出してはならない。そうすることで、相手に我々日本を攻撃する理由を与えることになる。相手の誘いにのってはならない」

(軽率な行動は慎まねばならん。だが、本当にそれでいいのか)

高木の逡巡《しゅんじゅん》は、報告の声によって断ちきられた。

「我が陸軍の通信を傍受しました。『我、敵と交戦中。我、敵と交戦中。敵は英印軍と思われる』」

(やはり、我が陸軍はいた。英軍と銃火を交えて

いるのはタイ軍だけではなかった)

「長官！」

「長官……」

参謀たちがさまざまな反応を見せた。

ついにこのときが来たかと、奮いたつ様子の者がいれば、いったいこれからどうなってしまうのだろうかと、不安な表情の者もいる。

その好対照な者たちの後ろで、さかんに首をひねって考え込む者もいる。

「いったい、どちらが優勢なんだ」

高木は戦闘地域に目を向けた。

明らかに味方が有利に戦っていれば、あえて助太刀する必要もないかもしれない。

言い方は悪いが、放っておいても勝てば問題はないはずだ――そうあってほしいという思いをのせた高木の視線だった。

しかし、出没を繰りかえす火球や明滅する閃光は不規則に移動するだけで、戦闘の趨勢《すうせい》は判然としなかった。

陸上での戦闘が収束に向かう気配はない。

「陸軍から、我が艦隊あてに緊急信です。相手は二五軍司令官牟田口廉也《むたぐちれんや》少将を名乗っています！」

高木は血相を変えて振りむいた。

「読みます」

電文を手にする通信参謀の表情にも、緊張が増しているのが感じられた。

「『発、第二五軍司令部。宛、南遣艦隊司令部。支援砲撃を要請す。敵の抵抗大なり。我、火力支援を欲す』以上です」

(なんたることだ)

高木は頭を抱えた。

我が陸軍が混じっていたとしても、動いたのは国境警備を担当とする小規模な部隊であり、相手も似たような弱小部隊と思っていたが、それはとんでもない思い違いだった。

我が陸軍は「軍」レベルの大規模な部隊が動いているし、それに頑強に立ちむかっているということは、敵もそれなりに強力な部隊に違いない。

このマレー半島は高木が考えていたよりも、はるかに緊迫した地であり、日本もイギリスも相応の戦力で細心の注意を払っていたのかもしれない。

はじめは国境線を侵犯した、しないで生じる小競り合いか、せいぜい威力偵察の類かと思ったが、それは大きな間違いだったようだ。

そして、陸軍は南遣艦隊に艦砲射撃を要請してきた。

旗艦『那智』は古鷹型、青葉型に続いて建造された妙高型重巡の二番艦で、二〇・三センチ砲連装五基一〇門と、戦艦につぐ砲力を持つ。

駆逐艦の一二・七センチ砲も海上では小ぶりな砲だが、陸上では大口径砲にあたる。

南遣艦隊は水上艦隊としてはけっして大きな規模の艦隊ではないが、陸軍の目には頼もしい砲兵部隊と映っているのかもしれない。

「今、『抵抗』と言ったな」

「たしかに、そう聞こえた。ということは、うちの陸軍が攻めたということか」

「だとすれば、まず（い）」

「長官！」

小声で疑念を口にする参謀たちを制するように、神が挙手して声を張りあげた。そのまま身をのりだす。

「砲撃しましょう！　すぐに命令を」

「しかしな」

高木は躊躇《ちゅうちょ》した。

「我々が攻撃を受けたわけではないからな」

「そんなことは問題ではありません。戦端は開かれているのですよ」

「そうは言っても『自分たちから撃ってはならぬ』と。これは連合艦隊司令長官の言葉だからな」

「我々南遣艦隊は連合艦隊の指揮下にはありません！」

神は唾を飛ばしながら叫んだ。

興奮のあまりに顔は紅潮《こうちょう》し、血走った目は煮え切らない高木の態度に対する苛立ちをあらわにしたものだった。

「これは陸軍からの正式な要請です。それを受けなかったとすれば、海軍の信頼は地に墜ちます。中央でも、陸軍と海軍との間にいらぬ不協和音を響かせることになるやもしれません」

怯《ひる》む高木に、神はたたみかけた。

「このまま我々が行動を起こさなかったとなれば、やがて海軍内にも『南遣艦隊は腰抜けの集まりだったのか』『南遣艦隊の将兵には敢闘精神というものがないのか』という声が轟々と湧きおこり、ひいては『戦う気のない艦隊は解散だ』ということにすらなりかねません！」

神は熱く主張したが、その本心は陸海軍の協調や陸軍の支援ではなく、自らの功名心にあった。

米英を相手に戦うときが、ついに来た。自分は誰よりも先に、その戦功を手にする機会をつかんだ。それを逃してなるものか。

「機敏な対応で日本優勢の流れをつくった鬼才の参謀」「迅速かつ的確な判断で、緒戦を勝利で飾った稀代の参謀」、そうした讃辞が、すでに神の胸中には勝手に並べられていたのである。

神は演説口調でとどめとも言える言葉を突きたてた。吊りあがった目と、時折、身振り手振りまで交える神の様子は狂気じみていた。

「そうなれば、まっさきに責任を問われるのは艦隊司令部にほかなりません」

神は高木の目を見つめた。

直接名前こそ出さなかったが、神の言うとおりになれば、第一に責任を追及されるのは長官たる高木であることは間違いない。

（「開戦早々に陸海軍の間に深い溝をつくった愚将」と罵倒《ばとう》されるのはあなただ。それでいいのですか）

神のゆがんだ視線には、そういった恫喝《どうかつ》まがいの言葉がのっていた。

（決断しなさい。さあ、早く）

「やるか」

高木は神の誘いにのった。

開戦の口実を与えてはならないという山本の教えにしたがおうという気持ちよりも、必要な決断を下せずに海軍に対する陸軍の信頼を失墜させた怯将《きょうしょう》と、不名誉なレッテルを貼られることを恐れる気持ちが優った結果だった。

「全艦に通達！」

高木は悪い意味で開きなおった。

「砲撃用意！　目標、英陸軍部隊。ならびに二五軍に打電。『我、艦砲射撃で支援す。目標の指示を請う』」

「はっ！」

神は笑みをまじえて敬礼した。

やがて南遣艦隊各艦の主砲塔が、いっせいに旋回しはじめた。

一九四一年一〇月一六日
瀬戸内海・柱島泊地

連合艦隊司令長官山本五十六大将を乗せた戦艦『駿河』は、瀬戸内海の柱島泊地にその巨体を浮かべていた。

「いったい、南遣艦隊はなにを勝手なことをしているんだ!」

まだ夜も明けきらない早朝の艦上に、山本の怒声が響いた。

山本は意思が強く、必要とあらば長時間の議論や徹底的な意見の応酬も辞さない性格をしていたが、ここまであからさまに感情をあらわにすることはめったになかった。

参謀の何人かがぎょっとして目を剥《む》いたが、それだけ重大な事態であるということだった。

マレー半島のコタバル付近で日英軍の守備隊が交戦し、そこに南遣艦隊が海上からの砲撃で加わったとの報告は、夜のうちに連合艦隊司令部に届けられた。

交戦にいたった経緯は定かではなかったが、戦闘は突発的な衝突にとどまらず、拡大の様相を呈しているという。

すでにイギリス軍の航空隊が戦場に姿を見せ、陸戦部隊も北上しているという。

対する日本陸軍も仏印の航空隊を南下、集結させ、砲兵部隊や戦車隊を含む重火器の部隊に出動命令が出されたとも聞く。

また未確認情報だが、タイ領内のサダオでも戦火が上がったとの報告もある。

(これを恐れていたんだ)

山本は胸中で苦々しくつぶやいた。

国境警備隊どうしの銃撃戦であれば、たとえ偶発的に発生したとしても、越境してなお追撃するという機会はごく稀だろう。

どちらかが退いて、すぐに一時休戦となるパターンが大多数のはずだ。

しかし、そこに艦隊が出てきたとすれば、一八○度変わった話となる。

相手——今回で言えばイギリス軍の目には、敵が大規模な戦力で攻勢をかけてきたと映ったに違いない。

それと同時に、その行動は入念な準備と計画に基づくものとも思えただろう。

山本は唇を噛んだ。南遣艦隊に山本の指揮権はおよばない。だからこそ、なおさら歯がゆかった。

「宣戦布告はまだ出ていないのだろう？」

参謀長宇垣纏《まとめ》少将が確認した。

作戦参謀三和義勇《よしたけ》中佐が即答する。

「出ていません。当然、我が方からも」

「時間の問題かもしれませんな。アメリカがこれ幸いと出てきても不思議ではありませんから、この際、我々も覚悟しておかねば」

「『この際』とはなんだ！　不謹慎な発言は慎め」

首席参謀黒島亀人大佐の発言を宇垣が戒めた。

ただ、それが山本のもっとも危惧《きぐ》する点だった。

戦端を開くきっかけをほしがっていたアメリカが、それこそ「渡りに船」とばかりに出てくることを。

「ところで、陸軍はどこの部隊だ」

「第二五軍と聞いています」

宇垣の問いに、再び三和が答えた。

「指揮官は牟田口廉也少将と」

（牟田口……）

山本の表情が険しさを増した。

陸海軍の間で交友があるわけではなかったが、牟田口という名前を山本は知っていた。けっして能力が低いというわけではないが、人一倍野心家で、出世のためならばなんでもする男だと。

噂や見かけで人を判断してはいけないが、そのような評判どおりの男であれば、自分の功績づくりのために暴走したと考えられないこともない。

もちろん、本当に双方の錯誤による偶発的な発生や、はたまたアメリカによる謀略という可能性もあるが。

とにかく、真相は闇の中だし、今はその追及をしているときではない。

「南遣艦隊より緊急信！」

切迫した様子で、通信参謀和田雄四郎中佐が叫んだ。

「読みます。『我、敵潜からの雷撃を受く。旗艦『那智』被雷一、戦闘、航行可能なるも、駆逐艦『睦月』『如月』沈没せり」

「敵潜だと!?」

三和は頬を引きつらせた。

「敵潜」という言葉の意味は重かった。

イギリス海軍はシンガポールを母港とする東洋艦隊に、東南アジアや太平洋地域を担当させている。

しかし、東洋艦隊の編成は戦艦以下、巡洋艦や駆逐艦といった水上艦が主で、潜水艦が含まれているとの情報はない。

では、それ以外の潜水艦はどこから来たかとなると……答えは簡単だった。アメリカ国籍の潜水艦である。

アメリカはフィリピンのマニラ湾に、極東方面を管轄するアジア艦隊を置いているが、アジア艦隊は水上艦よりも、むしろ有力な潜水艦戦力を有している。

南遣艦隊を襲った潜水艦は報告から見て複数であり、情報にないイギリス海軍の潜水艦が現れた可能性は低い。

南シナ海で活動中の潜水艦はアメリカ海軍のものと考えるほうが、断然説得力がある。

さらに、それを裏づける報告が続いた。

「第六艦隊より報告。米アジア艦隊に動きあり。伊六潜よりの報告」

第六艦隊とは、カロリン諸島の東端にあるトラック環礁に司令部を置く潜水艦を束ねる艦隊で、伊六潜はマニラ湾口の監視にあたっている艦だった。

「マニラ湾を出港する米艦隊を発見す。艦種、巡一、駆四」

緊張が連合艦隊司令部を刺し貫いた。

ついに、アメリカは動いた。

長年、関係が悪化しながらも、なんとかつり合いをたもってきた日米の天秤が、ついに傾いたのである。

「いや、待て。それにしては、艦隊の規模が小さくないか。本気で我が方にあたるつもりならば、アジア艦隊も全力でぶつかってきそうなものだが」

宇垣は首をかしげた。

「すぐ出られる艦だけでも、出してきたのかもしれません。一〇隻、二〇隻という規模の艦隊が常に出撃できる態勢を整えておくのは、現実的に難しいでしょう」

「作戦参謀の言うとおりだろうな」

三和の意見を山本は支持した。

「アメリカは開戦を決意した。その前提で、すぐにでも動かねばなるまい。敵はアメリカとイギリス。残念だが、ついにそのときが来たようだな」

悔しさと失望を滲ませながらも、山本の眼光は爛々《らんらん》とした光をたたえていた。覚悟を決めた男の目だった。

「長官、では！」

「うむ、出港準備を急げ。最悪、補給物資はトラックで補ってもかまわん」

参謀たちの視線に、山本はきっぱりと言いきった。

米英との関係改善、戦争回避に尽力してきた山本が戦争を、しかも実戦部隊の長として戦うとは皮肉な運命だった。

だが、山本はこうと決めたら、最後まで責任をもってやり遂げる男だった。逃げも隠れもしない。いざ戦争となれば、身を粉にして全力を尽くすつもりだった。

「目標はマレー、あるいはフィリピンにしますか？」

三和が確認を求めたが、山本の狙いは違った。

「いや。我々が向かうべき先は別にある」

山本は太平洋の広域図上に視線を滑らせた。その視線は南シナ海やジャワ海ではなく、はるか東を指そうとしていた。

そこには、布哇《ハワイ》の二文字があった。

マレー半島での日英軍の衝突をきっかけに、日米英三軍は大挙して動きだした。

宣戦布告なき戦争は、すぐに全面戦争の様相を呈していった。

陰謀と野望、理想と夢想、国と国、人と人。

さまざまな思惑をはらみながら、歴史を進める歯車は回る。

その方向を変えようとする人の力は、あまりに弱くはかない。

大きな時の流れのなかで、男たちは否応なしに戦禍に飲み込まれていく。軍人だから、というたったひとつの理由で。

第5章 マーシャル沖決戦

一九四一年一〇月一七日
瀬戸内海・柱島泊地

後にコタバル事変と称されることになる、マレー半島での日英軍の「偶発的」な衝突が起こった翌日、イギリスとアメリカは相ついで日本を相手に宣戦を布告した。

戦火はマレー半島から南シナ海、フィリピンと台湾の上空へと、またたく間に拡散しており、宣戦布告の前からすでに全面戦争に突入していたのが実態である。

アメリカ合衆国第三一代大統領ハーバート・フーバーは、高らかに宣言した。

「長年警告していたにもかかわらず、日本という国は侵略的野望を隠そうともせず、ついに友邦イギリスの領土にまで手を出した。

このまま放置しておけば、遠からず我が合衆国の領土であるフィリピンやグアムが標的となるのは目に見えている。

国際社会の平和と安定のために、我が合衆国はいよいよ立ちあがらねばならない。危険な極東の覇権主義国家に、今こそ正義の鉄槌を下すのだ」

連合艦隊司令部の誰もが、しらじらしいことだと軽蔑していた。

アメリカは日本を叩く機会を長年狙っていた。日露戦争が終結した直後から、アメリカは日本を経済的な障害と考えはじめ、さらにワシントン海軍軍縮会議の前後からは、軍事面での競争相手としても、日本を敵視しはじめていたのである。

ただ、一方的に戦争を仕掛けることはできない。さすがのアメリカも、世界中から非難を浴びて孤立する危険を冒すことはできなかった。

だから、アメリカは経済制裁や人的交流の制限などの手段を使って、じわじわと日本を苦しめつつ、挑発行為も重ねて日本が暴発するのを待った。

しかし、日本はそれによく耐えた。

満州開発を源泉として発展した日本は、数十年間の長きにわたってアメリカの圧力に耐えてきた。

それが、ここでついに封印が解かれた。自作自演のものかどうかはわからないが、アメリカはついに対日開戦のきっかけをつかんだのだ。

連合艦隊の各艦は出港準備に追われていた。

柱島泊地は立錐《りっすい》の余地もないほどに人と船が行き交い、弾薬や食糧、医薬品、飲料水などが続々と艦内に飲み込まれていく。

フィリピンや南シナ海の戦況も気になるが、連合艦隊の行き先は中部太平洋と決まっていた。

集団戦で勝利するためには、最大の敵をはじめに叩くことが基本戦術となる。ここで最大の敵とは、考えるまでもなくアメリカ太平洋艦隊ということになる。

そのアメリカ太平洋艦隊に対する戦い方は、すでに定まっている。日本海軍が長年練りあげてきた漸減邀撃《ぜんげんようげき》作戦だ。

漸減邀撃作戦とは、来寇《らいこう》するアメリカ太平洋艦隊に向かって、まずは航空機や潜水艦による襲撃を繰りかえし、その戦力を漸減させたうえで、主力の戦艦部隊が突入して決戦を挑み、これを撃滅するという作戦である。

この作戦を成立させる前提としては、長距離におよぶ洋上を戦場として確保する必要があり、遅れは許されない。

連合艦隊のほぼ全力——一〇〇隻をゆうに超える艦隊の出撃には、通常一週間は準備期間が必要であるが、今は足かけ二日、実質翌日の出港を目指していた。

不足分は中継地点となる内南洋のトラック環礁で補う予定だった。

そこから前線拠点であるマーシャル諸島のクェゼリン環礁へと東進し、西進してくるアメリカ太平洋艦隊を迎えうつのである。

一時、時間的な制約から決戦海面はマーシャル沖ではなく、小笠原諸島周辺にしてはどうかとの意見もあがった。

これは、本土近海にすれば戦力も集中しやすく、遠征による敵の消耗も期待できるとの利点も考えたものだったが、結局は当初のマーシャル沖決戦案が採択された。

これはサッカーでいう、できるだけ敵陣内で戦い、可能な限り自分たちのゴール・マウスから遠いところでボールを回すというリスク管理と同義語だった。

輸送船の出入りは激しく、油槽船の入港も相ついでいた。前衛となる一部の艦隊は、すでに出港を始めている。

旗艦『駿河』以下、『紀伊』『尾張』『近江』ら各戦艦の喫水もどっぷりと深まっていた。

出撃準備は整おうとしていたのである。

一九四一年一〇月二三日　パールハーバー

アメリカ太平洋艦隊の出撃は、予想に反してゆっくりとしたものだった。

旗艦『サウスダコタ』以下、主力艦隊が抜錨《ばつびょう》したのは、対日宣戦布告から実に七日を数える日のことだったのである。

これは拙速を嫌ってのことというよりも、「日本艦隊などいつでも沈められる」との余裕と自信の裏返しだったと言える。

事実、太平洋艦隊司令長官ハズバンド・キンメル大将は、合衆国海軍こそ世界最強と信じてやまない人物だった。

日本海軍がいかに新型の戦艦を手に入れようとも、自分たちにとってはなにほどの脅威ともならない。『キイ』にしても『カガ』にしても『アマギ』にしても、我が『サウスダコタ』や『レキシントン』の砲撃によって、たやすく海底に没するはずだ。

キンメルはそう楽観的に考えていた。

軍楽隊の演奏と派手な紙吹雪に見送られての出港も、およそ戦場に向かう雰囲気ではなく、記念式典かなにかと見間違うようなものだった。

「しかしな、マック。私にも心配事がひとつだけあってな」

キンメルは「マック」こと、首席参謀チャールズ・マクモリス少将に目を向けた。

キンメルと同じく、砲術を専門としていた将官である。まだ四〇歳代だが、皺《しわ》だらけの顔はもう六〇歳をこえているように見える。

「連中の艦隊がちゃんと出てきてくれるのかと思ってな」

キンメルは微笑した。

「我々に恐れをなして、尻尾を巻いて逃げられたのでは、どうしようもないからな。

明確に敵となった日本を占領地から叩きだすのはいいが、どうせなら艦隊決戦に持ち込んで、太平洋の覇者が我々であることを世に知らしめたいじゃないか」

「ご懸念は無用と存じます」

マクモリスは真顔で答えた。

「日本はこの数十年間、我が合衆国のプレッシャーに耐えつづけてきた国です。マンシュウを開放せよ、大陸から手を退けとさまざまな制裁を受けながらも、頑《かたくな》に拒否しつづけてきた国です。

さらには我が太平洋艦隊の威光を背景にした恫喝にも屈せず、南方にまで進出した国です。けっして、敵をリスペクトするつもりはございませんが」

そこで、マクモリスはいったん言葉を切った。目つきが一段と厳しくなる。

「敵にはそれなりの覚悟と自信があるのかもしれません。自分は、敵が逃げるよりも、むしろ向かってくるような気がしてなりません」

マクモリスの思わぬ言葉に、はじめキンメルは呆気にとられていたが、やがて表情を崩して声を出して笑った。

「向かってくるか。それはいい。つい、半世紀前までサムライの国だった者たちがな」

キンメルは嘲笑の顔で息を吐いた。

人種差別思想こそなかったが、キンメルは極東の小さな国が自分たちに匹敵する軍事力を持つなどとは、とうてい思えなかった。

戦艦の数を揃えていたにしても、その戦艦も見かけの性能はそこそこだったにしても、それらは「カタログ・データ」にすぎない。

実際に戦ってみれば、すぐにその化けの皮ははがれると思っていた。

「マックの言うとおりならば、喜んで受けてたとうじゃないか。我が合衆国に挑戦する者が、どんな末路をたどるのか、身をもって知るがいい。

身のほど知らずの日本人に、我々の力を存分に見せつけてやろうじゃないか。

我が合衆国は一六五年の歴史のなかで、西へ西へと歩みを進めてきた。未開の荒野を開拓し、国を拡大、発展させてきた。そのフロンティア・スピリッツが、ついに太平洋を横断するときが来たのだよ」

キンメルは自分たちの勝利を確信していた。

たとえ、日本艦隊が全力で立ちむかってきたにしても、自分たちが苦しめられることなどない。ましてや敗れることなどありえないと、キンメルは信じて疑わなかった。

太平洋艦隊司令長官ハズバンド・キンメル大将が直率する第一任務部隊に先がけて、外洋に進出した巨艦の群れがあった。

中心を進む艦は、七本もの細長い煙突を直立させた特徴的な艦容だった。レキシントン級巡洋戦艦六隻を主戦力とする第二任務部隊である。

レキシントン級巡洋戦艦は、アメリカ海軍が建造した初の巡洋戦艦だった。速力を犠牲にしてでも重防御を優先してきたアメリカ海軍の伝統からいけば、速力を前面に出したこの艦は異端の艦と言える。

しかし、それだけレキシントン級巡洋戦艦は、野心的かつ挑戦的な艦としてできあがっていた。

全長二六六・五メートル、全幅三二・一メートル、基準排水量四万三五〇〇トンの長船首楼型の艦体は堂々たるもので、同時期に建造されたコロラド級やサウスダコタ級の戦艦をゆうにしのぐ。

主砲も五〇口径一六インチ連装砲四基八門と強力で、五三・三センチ魚雷発射管八門の雷装すら持つ。

それでいて、最大出力一八万馬力の高出力機関がもたらす三五ノットの高速力は驚異的ですらあった。

この高速性能は、日本海軍の天城型巡洋戦艦や穂高型巡洋戦艦を寄せつけないどころか、駆逐艦の襲撃すら困難にさせるものだった。

ただ高出力機関の代償として、缶数が異常に多くなり、二段重ねとしたために乾舷が高くなったこと、排気をまとめることが困難なために多数の直立した煙突を設けたことが、同時にレキシントン級巡洋戦艦の艦容を特徴的なものにさせていた。

その二番艦『コンステレーション』の司令塔で、金帯四つに星がひとつの大佐を示す階級章を輝かせている男がいた。

CC2巡洋戦艦『コンステレーション』艦長チャック・ライト大佐である。

「俺はついている」

ライトは目を輝かせた。

中尉時代に新造戦艦『メリーランド』に乗り組んで以来、ライトは戦艦の副砲長や戦隊司令部参謀、戦艦の砲術長と海軍の王道を渡り歩き、ついにアメリカ海軍一の巨艦であるレキシントン級巡洋戦艦の艦長までのぼりつめた。

その艦長を拝命してまもなく、対日戦が勃発した。これは存分に腕をふるえという天命だと、ライトは感じていた。

キンメル長官同様、ライトもまたアメリカ海軍が世界一、自分たちが世界最強の艦隊だと信じていた。

日本艦隊は、かつて世界最強と謳われたロシア・バルチック艦隊に完勝したという栄光の歴史を持つと聞いているが、それはロシア将兵の士気が低く、戦術的にも誤りを繰りかえしたためだ。自分たちは同じ轍は踏まない。栄光は過去のものだとわからせてやると、ライトは意気込んでいた。

「軍人家系のライト家にあって、自分も偉大な先祖とともに名を連ねてみせる」

眼下に構える巨大な一六インチ砲塔に、チャック・ライトは自分が得るであろう偉功を重ねみていた。

一九四一年一〇月二六日　マーシャル沖

艦隊を縛る緊張感は、いったんは緩和された。

「対空警戒は解除。繰りかえす、対空警戒は解除。接近中の機影は味方機なり。繰りかえす。接近中の機影は味方機なり」

将兵は安堵の息を吐いた。

ある者は「やれやれ」といった様子でその場に座り込み、またある者は苦笑を見せながら空を仰いだ。

日本海軍連合艦隊の主力をなす第一、第二艦隊はハワイを発ったアメリカ太平洋艦隊を迎えうつため、クェゼリン泊地を抜錨してマーシャル諸島の東方海面に展開しつつあった。

そこに飛び込んだ「敵味方不明機接近」の報告だった。

上空に現れたのは、九六式陸上攻撃機の編隊だった。丸められた機首から尾部に向けて細く引きのばした彗星を思わせる胴体に、逆三角形の主翼と双垂直尾翼を持つ独特の機影だ。

「木更津空司令部から入電です。『我、敵を発見すること叶わず。これより帰投す。一六《ひとろく》五〇《ごまる》』」

「だろうな」

連合艦隊司令部作戦参謀三和義勇中佐の声には、失望が混じっていた。

編隊は整然と揃い、快調に飛んでいるように見えた。とても激しい戦闘を終えての状態には見えなかった。

「残念ながら、航空攻撃も不発に終わりましたな」

三和の言葉に、連合艦隊司令長官兼第一艦隊司

令長官山本五十六大将は無言だった。ただ前方を見つめたまま、微動だにしなかった。

作戦が期待どおりに運ばない苛立ちがないはずはなかったが、山本が動揺や不安の様子を見せることはいっさいなかった。

九六式陸上攻撃機は全長一六・四五メートル、全幅二五メートルの機体に金星五一型発動機を左右の主翼に一基ずつぶら下げた双発機だ。爆弾または魚雷を八〇〇キログラム搭載でき、雷撃が可能ということが特徴だった。

艦載機には見るべき爆撃機も雷撃機もないなか、陸上発着の中型機とはいえ、数少ない艦艇攻撃が可能なものとして期待された機だった。

そこで、日本海軍は九六式陸上攻撃機を装備した木更津空を最前線のマーシャルに送り込んだのだが、結果は会敵せずにむなしく帰投するという期待外れに終わったのである。


「潜水戦隊の戦果ははかばかしくなく、空襲も不発か。参りましたな」

首席参謀黒島亀人大佐の言葉は、どこか他人事《ひとごと》だった。

黒島は常識にとらわれずに直感で動く天才肌の男だった。今回の邀撃作戦にも、長年研究されてきた漸減邀撃作戦ではなく、さまざまな奇襲戦法の案を提案していた。

それがすべて却下されたことへの、ちょっとした抵抗か、あるいは単なる楽観的性格からくるものかは、誰にもわからなかった。

アメリカ太平洋艦隊への攻撃は、すでに敵が母港パールハーバーを出た直後から始まっていた。

洋上哨戒やハワイとマーシャルの中間海域で待ち伏せしていた第六艦隊所属の伊号潜水艦が、入れ代わり立ち代わり敵を発見しては雷撃を仕掛けたのである。

しかし、それが華々しい戦果をあげることはなかった。

敵駆逐艦の警戒は厳しく、各潜水艦は戦艦や空母といった大艦にとりつく前に、ほとんどが返り討ちに遭って撃沈されていた。

敵は密集隊形で第六艦隊の邀撃網を突破した。

これまでに確認できた戦果は、わずかに駆逐艦の撃沈が三、巡洋艦の撃破が一という僅少《きんしょう》なものだった。

すでに陽は大きく傾いており、今日これ以上の空襲は不可能である。

「長官、このままでは」

山本の背に響く三和の声は重々しいものだった。はっきりと言葉にこそ出さなかったが、三和の言いたいことは明らかだった。

潜水艦の奇襲は満足な戦果を得られず、今また空襲も失敗に終わった。漸減邀撃という作戦の前提が音をたてて崩れはじめている。

ここは一度、作戦を練りなおす必要があるのではないか。

三和の顔には、そう書いてあった。

若い参謀たちの視線が三和に集まる。

それを一蹴したのは宇垣だった。

「敵がどうこようと、どういう状況だろうと、敵を撃退せねばならん。この第一、第二艦隊の総力をもって敵にぶつかる。こんなことははじめからわかっていたことだ」

はなから潜水艦や航空機になど期待していないという、宇垣の様子だった。

宇垣は砲術畑を歩んできた生粋の大艦巨砲主義者だ。

海上の主戦力は戦艦である。戦艦の持つ巨砲こそが、敵を打ちやぶる唯一無二のものだ。敵と雌雄を決するのは、結局は戦艦どうしの砲戦にほかならない。

それが、宇垣の結論だった。

「我々にはこの『駿河』をはじめ、『紀伊』『尾張』『近江』がある。『穂高』『蓼科』『笠置』『鞍馬』が、天城型の四隻もある！　戦う前から不安を感じていては、勝てる戦《いくさ》も勝てん」

宇垣は傲然《ごうぜん》と胸を反らせた。

「敵が南太平洋方面に大きく南下したり、北方に迂回したりする可能性はないでしょうか。だとすれば、我々の取り位置も変わってくるでしょうが」

「本土近海の決戦を主眼として、航続力よりも武装や速力に重点を置いた我が軍の艦と異なり、敵艦は遠征を視野に、概して航続力を重視して設計されています。多少の迂回路を進むことは苦にならないでしょう」

戦務参謀渡辺安次少佐の発言に、航海参謀永田茂中佐が答えた。

「敵が針路を変えたのならば、いきなり本土が襲われたりしないだろうな」

「馬鹿な。それよりも敵は怖気づいて逃げだしたのかもしれませんぞ」

「そうだな。そうに違いない」

「さすがにそれはないだろう。敵も……」

「敵は来る！　必ず」

ざわめく参謀たちをよそに、山本の考えは一貫していた。

「長官」

宇垣や三和をはじめ、参謀全員が山本に目を向けた。

「これまでの第六艦隊からの報告に、敵が大きく針路を変えたという証拠になる報告はあるか、航海参謀」

「いえ、ありません」

振り向いた山本に永田は答えた。

「接触場所はハワイとマーシャルとを結ぶ線上をたどっています。ただ、時間は不規則ですが」

「そこだ」

山本は参謀たちの顔を見まわした。

「敵は我々の出方を見ながら、慎重に距離をはかっている。今日クェゼリンの空襲圏外にあるからといって、マーシャル到達まではまだ時間があると考えるのは早計だ。夜間に速力をあげて接近してくるやもしれぬ」

いったんばらけかけていた参謀たちの表情が、再び引き締まってくる。

「たしかに当初の作戦構想は、すでに崩れた。これは否定しようのない事実だ。

だが、我々はここで退くわけにはいかない。態勢を立てなおしたいのはやまやまだが、それには時間がなさすぎる。

このまま黙っていれば、マーシャルは容易に敵の手におちるだろう。それどころか、マーシャルを飛びこえて、我々の最重要拠点であるトラックすら敵に脅かされかねない。ここは我々からも敵に向かっていかねばならんのだ」

「意図してのものかどうかはともかく、敵が我々とすれ違ってしまうことはないでしょうか」

「ありうる話ですな。この広大な洋上では、たとえ大艦隊といってもほんの点にすぎませんから」

「うむ」

渡辺の問題提起に永田と三和はうなずいたが、山本の考えは違った。

「絶対にないとは言いきれんが、恐らく大丈夫だ。敵のなかにはいまだに前時代的な人種差別主義者がいて、我々の戦力を懐疑的に見ている者もいるというが、今の敵艦隊の動きはそうではない」

「キンメルも当然、我々を意識して動いているということですな」

宇垣は敵将――アメリカ太平洋艦隊司令長官ハズバンド・キンメル大将の名を口にした。

　山本が続ける。

「敵も背後や側面を衝かれる危険性は嫌うに違いない。よって、敵のほうからも我々を探して近寄ってくる。決戦を望んでいるのは我々だけではなく、敵も同じだと自分は考える」

「長官」

　参謀たちが、いっせいに姿勢を正した。決意と覚悟に、山本の表情も一段と引き締まった。

「明日は早朝から会敵することを考えて、準備を怠らぬように。今晩は早めに交代で休んでおこうか」

　陽が暮れて、海は沈黙した。機関室を除けば、聞こえるのは波の音と甲板を横切るかすかな風の音だけだった。

　しかし、その静寂はかえって将兵には不気味に感じられた。

　それはあたかも水平線の向こうで、敵が息を殺して襲撃の機会を狙っているかのようだった。

一九四一年一〇月二七日　マーシャル沖
巡洋戦艦『蓼科』射撃指揮所

　連合艦隊司令長官山本五十六大将が予言したように、日本海軍第一、第二艦隊とアメリカ海軍第一、第二任務部隊の日米両主力艦隊は、この日早朝に会敵した。

　未明から飛ばした索敵機が、互いの艦隊を発見してすぐに、両艦隊は引きあうようにして互いの姿を水平線の先から見出したのである。

（ついに来たか）

　巡洋戦艦『蓼科』方位盤射手、渡良瀬欣司特務少尉は二重瞼《ふたえまぶた》の大きな目を何度もしばたたかせた。

宿敵アメリカ太平洋艦隊との決戦と考えると、否応なしに気持ちは高ぶり、緊張感に全身の毛が逆立ってくる。

呼吸は自然に荒くなり、一〇〇キログラムの重しをのせられたかのように、両肩はずしりと重くなっていた。

「緊張するか」

「あ、いえ」

その重くなった両肩をぽんと叩いた砲術長家村壮治郎中佐に、渡良瀬は強がった。

家村は海兵出のエリート士官だが、渡良瀬や叩きあげの兵たちとも分け隔てなくつきあい、意見すら求める良識ある上司だった。

理想の海軍軍人を具現化した長身で美男子という容姿は、海軍の広報誌の表紙を飾っても不思議ではなかった。

その家村の表情も、いつもとは違っていた。

てっきり気合を入れろだとか、必勝と不敗の信念を持てだとか、精神注入されるかと思ったが、家村の言葉は予想外のものだった。

「そうか、緊張しないか。俺はもう金縛りにあったように緊張しているがな。それに怖くもある」

「怖い、ですか」

「そうだ」

家村は小さくうなずいた。

「俺はいつも怖いんだ。自分がなにもできないのではないかと不安になってな。恐れるのは敵じゃない。己《おのれ》自身だ」

家村は左手の親指で、自分の胸を小突いた。

「全力を出しきれば、戦った結果がどうあれ、悔いは残らん。一番悔いが残るのは、自分の弱さゆえに、持てる力を出さずして敵に敗れることだ。そうは思わんか」

「そう、そうですね」

「だろう」

家村は微笑して、長い息を吐いた。

「平常心とはよく言ったものだが、自分たちの力を信じようではないか。ここでじたばたしても、どうにもならん。

ここに自分がいるという意義を考えろ。誰でもいられるところではない。それなりに皆が認めたからこそ、ここにいる。違うか？」

家村の言葉に、渡良瀬は平常心を取り戻していった。緊張がやわらぎ、自信も甦ってくる。

（そう、自分は選ばれてここに来た。それを無駄にしてしまっては、自分を立ててくれた人たちに申し訳ない）

渡良瀬は三カ月前、少尉昇進と同時に『蓼科』に転属してきた身だった。

もちろんそれは、前職の戦艦『日向』方位盤射手としての成績や勤務態度が評価されてのことである。

『蓼科』は日本はおろか、世界でも四隻しかない四六センチ砲搭載戦艦の一角を担う艦だ。その巨砲を預けるに足る男だと認められたからこそ、渡良瀬はここにいるのだった。

それを重責と感じて押しつぶされるか、期待に応えようと発奮するかは、やはり自分次第なのだと、渡良瀬は気持ちを入れなおした。

しかも環境も自分好みである。

『蓼科』は穂高型巡洋戦艦の二番艦であり、戦隊司令部は一番艦の『穂高』で指揮を執っている。『蓼科』は艦長を頂点にして、まとまってさえいればいい。余計な気苦労は無用だ。

そして、その艦長も渡良瀬が勝手知ったる人物だ。かつて重巡『古鷹』に乗り組んでいるときに、水雷長として面識のあった高橋雄次大佐である。

恰幅のよい体つきと彫りの深い顔立ちで、独特の近寄りがたいオーラを放っているが、信頼に足る上司であることは間違いなかった。

『蓼科』は僚艦と整然とした単縦陣を組んで、東北東に向かっている。

渡良瀬ら艦橋最上部の射撃指揮所に陣取る者たちは、測距儀と方位盤の光学機器を使って、水平線方向を凝視した。

変化のない単調な風景だが、そのなかに現れるかすかな変化を、すぐさま摘みとらねばならない。

「あれか」

渡良瀬はうめいた。遠方の揺らめく視野のなかに、はじめは鋭い棒状のものが、ついで黒々とした塊が浮きでてくる。

方位盤の望遠レンズを通して、敵戦艦が魁偉《かいい》な姿を現した。

出撃した主力艦上戦闘機F４Fワイルドキャットは、すべて雲の向こうへ姿を消した。

「存分に暴れてくるがいい、山猫どもよ」

第三任務部隊司令官ウィリアム・ハルゼー中将は自ら飛行甲板上で潮風を浴びつつ、部下を送りだした。

自衛のための戦力もほとんど残さない全力出撃だったが、これは現状に対するハルゼーの反発が表れたものだった。

第三任務部隊は、空母『ワスプ』『ボーグ』と巡洋艦戦隊一隊に駆逐隊三隊という小世帯だった。はっきり言って少ないと、ハルゼーは苦々しく思っていた。

そもそもアメリカ海軍が考える海上戦力のなかで、空母は補助戦力としかみなされていない。『ワスプ』『ボーグ』の二隻が、アメリカ海軍が持つ艦隊型空母のすべてなのである。

ハルゼーは空母建造の請願を何度も海軍省に上

申してきた。しかし、海軍省の反応は鈍く、返ってくる理由はいつも決まったものだった。

「空母ばかりを建造しても、有力な艦載機がなければ意味がない」

「空母に求められている任務は洋上での制空権獲得だけであり、戦闘機だけならば隻数はそれほど必要ではない」

「弾着観測や偵察の任務ならば、戦艦が搭載する水上機で事足りる」

これらの見方が間違いではないことも、ハルゼーは理解していた。

現実として、手持ちの艦載機には敵艦隊を叩けるだけの力がないのである。

艦上爆撃機や艦上攻撃機といった類の機種は存在するが、それらは複葉で低速、さらには搭載重量も限られた非力なものばかりである。重厚な防御装甲を備えた戦艦や快速の巡洋艦、駆逐艦に有効な打撃を与えられるものではない。

だから、根本的には空母以前にこうした艦爆や艦攻の開発が必要だった。

しかし、こうした状況はアメリカ海軍に限らず、日本海軍を含めた全世界的に共通した流れであるため、それをハルゼー一人で覆《くつがえ》すのはとうてい無理な話だった。

いくらハルゼーが艦載航空戦力の可能性を周囲に説こうと、それらは妄想としか受けとめられなかったのである。

唯一、艦載航空戦力で有用なのは、敵の偵察機や観測機を排除するための戦闘機戦力だった。

だから、これだけでもハルゼーは全力を投入した。これで少しでも流れが変われば、少なくとも航空戦は日本を圧倒する——そんなハルゼーの思いがこめられた出撃だった。

「ジャップの航空機は片っ端から叩きおとせ。ここは星条旗が翻る空だということを、奴らに思いしらせるのだ！」

ハルゼーは周囲に聞こえるように大声で叫んだ。

砲戦準備のさなか、連合艦隊司令部は対処指示に追われていた。

参謀長宇垣纏少将や作戦参謀三和義勇中佐らが確認を求めて、指示を出す。

「やむをえん。観測機はすべて引きあげさせろ」

「こちらの上空はどうなんだ」

「一航戦から零戦隊を出します」

「早くだ。敵観測機は可及的速やかに排除せよ」

「敵がこれほどまでに戦闘機を出してくるとは予想外でした」

「敵にも航空に精通した指揮官がいるということだな」

三和の言葉に、連合艦隊司令長官山本五十六大将は上空を仰ぎ見た。霞ヶ浦航空隊副長、航空本部技術部長といった職を経験した山本も、航空の可能性に着目した一人だった。

双発の中型機ながら雷撃が可能な運動性能を持つ、世界的にも稀有な存在である九六式陸上攻撃機は、山本が航本技術部長だった時代に開発を始めさせた機体だった。

だが、山本はこうした職歴を通じて航空機、特に艦載航空機の限界を感じた一人でもあった。

艦載機の進化には大型化と高速化が不可避だったが、それを成りたたせるためには軽量小型で大出力の発動機がいる。それが全世界を見渡してもないのである。

したがって、艦載機は非力な発動機を補うために、軽量で空力学的に優れた機体設計の戦闘機に限られる傾向が強かった。

日本海軍の零式艦上戦闘機やアメリカ海軍のF

4Fワイルドキャットがその好例だった。

「『蓼科』二号機より報告。敵戦闘機およそ二〇。なお増加中」

「敵戦闘機隊、向かってくる！」

そのうち旗艦『駿河』の艦上に、金属的な打撃音が響いた。敵戦闘機の黒い影が斜めに横切っていく。

「我が戦闘機隊はなにをしているんだ！」

宇垣が激怒した。

「全艦に対空戦闘を命じます」

「いや、待て」

指示を出そうとする宇垣を山本は制した。

「今は敵艦隊との砲雷戦に集中しよう。一航戦はすでに戦闘機隊を上げている。一方的に上空を支配されることはあるまい」

山本が言ったように、まもなく細身の機体が現れ、敵戦闘機との空中戦が始まった。

日本海軍の零式艦上戦闘機とアメリカ海軍のF4Fワイルドキャットとの戦いである。

複雑に飛行機雲が絡まり、時折、炎と黒煙を曳《ひ》いて墜落していく機が見える。

どちらが優勢かは海上からは見えないが、艦隊に向かってくる敵戦闘機が消えたことから、少なくとも零戦が圧倒的に不利ということはなさそうだった。

「しかし、これで今回の砲戦は観測機なしで戦わねばならなくなりました」

三和は表情を歪《ゆが》めたが、宇垣の反応は違った。

「なに、それは敵とて同じことだ。条件が悪くなれば、さらに腕の差が出るというものだ」

宇垣は工作員がもたらした情報に基づく、報告書の内容を思いだしていた。それは、敵戦艦の砲撃命中率に関するものだった。

一例をあげれば、戦艦『アリゾナ』は平均射距離一万七〇〇〇メートルで平均散布界は八〇〇メートル、観測機と艦上観測併用での命中率は七パーセント。これは日本戦艦の平均的な命中率の三分の一にすぎないものだった。

つまり、敵が一四、五発撃って、ようやく一発の命中弾を得る頃に、自分たちはすでに三発の命中弾を与えていることになる。

それを艦隊レベルの隻数で考えれば、途方もない差になって表れると、宇垣は自信を持っていた。

すでに第一、第二艦隊の将兵は戦闘配置につき、昼間砲雷戦に備えている。

「敵戦艦、二手に分かれました。一隊は本艦隊から左舷方向へ、もう一隊は右舷方向へ回頭中」

「先に動かれたか」

三和がうめいた。

「見張員、艦型はわからぬか」

「左舷方向の敵戦艦ははっきりしませんが、右舷方向の敵戦艦はレキシントン級と思われます。艦上に多数の煙突が見えます」

「一隊は戦艦、もう一隊は巡戦でしょう。我々も一艦隊と二艦隊とに分けて、それぞれを叩きましょう」

「作戦参謀の案を支持します」

三和の進言に宇垣は同調した。たしかに普通に考えれば、そうするのがセオリーだ。

山本は敵艦隊を睨みつけた。

向かって右に進む敵がレキシントン級巡洋戦艦とすれば、左の敵はサウスダコタ級をはじめとする戦艦群だろう。敵将ハズバンド・キンメル太平洋艦隊司令長官が座乗する艦も、そのなかに含まれているはずだ。

速力は前者が上だが、砲撃力は後者が上まわる。脅威の度合いという意味では、後者が上となるが……。

「長官、左舷の敵を全力で叩くのが得策と考えます。恐らく、そちらが一六インチ砲一二門を持つサウスダコタ級です。敵戦艦のなかで、もっとも砲撃力が高い艦です。

第一、第二艦隊の総力をもって、最大の脅威を取りのぞく。それが砲戦勝利への近道です」

対案を出したのは、首席参謀黒島亀人大佐だった。変人参謀の異名どおりに、奇抜な発想を得意とする黒島らしい大胆な案だった。

しかし、これには宇垣が反対した。

「それは危険だ。一隊に集中砲火を浴びせるのは、たしかに有効かもしれないが、もう一隊を自由にさせておいては挟撃されるのが目に見えている」

宇垣の言うのも、もっともだった。

まったく束縛のない敵は、自分たちの打撃が最大の効果となる位置と距離で撃ってくるに違いなかった。しかも、反撃も受けにくいところでだ。

「最悪、後ろをとられて、逆に一隻ずつこちらが集中砲火を受けかねん。とても首席参謀の案には賛成できん」

「危険を恐れていては、勝利はおぼつきません。正攻法で臨めば、たとえ勝てたとしてもそれなりの損害は免れないでしょう。

ましてや敵の本隊との決戦ともなれば、多少の危険を冒してでも賭けてみるべきです。うまくいけば、断然、砲戦を有利に進められるかもしれません」

「かもな」

あくまで宇垣は反論した。

「逆にこちらが大敗するきっかけになるやもしれぬ。緒戦から必要以上の冒険をする必要はない」

「緒戦だからこそ、思いきったことをするのです。初手から敵を驚かせば、あとあと心理的に優位に立てます」

黒島も引きさがらなかった。

「長官、ご決断を」

宇垣に決断を求められたが、この時点までに山本の腹は決まっていた。

山本はアメリカという敵の怖さを誰よりもわかっていた。強大な軍事力のみならず、それを支える国の大きさと力というものを。

それを倒すには、多少のリスクを覚悟するどころか、リスクを承知で次々と自分たちから勝負を仕掛けていかねばならない。

攻勢につぐ攻勢こそが、対米戦勝利に必要不可欠な姿勢である——それが山本の持論だった。

「首席参謀の案でいこう」

「長官!」

黄金仮面と仇名《あだな》される宇垣は、表情こそ変えなかったが、その声には承服しがたい内面の意思が滲みでていた。

山本は宇垣を一瞥《いちべつ》した。その目は「まあ、聞け」といった様子だった。

「左舷の敵を甲、右舷の敵を乙と称す。第一、第二艦隊は甲の撃滅に向かう。ただし、一水戦のみは分離して乙の牽制にかかるべし。目的は敵の足止めだ。撃沈、撃破は二の次としてかかるべし」

山本は乙——レキシントン級巡洋戦艦を自由にさせるつもりはなかった。八八艦隊計画戦艦とともに日本海軍自慢の水雷戦隊一隊を割き、そちらに向かわせるのである。

「一水戦のみでは強大な巡戦群を押さえられません。蹴散らされて、我々に向かってくる可能性大です」

「そのときは、我々も艦隊を二分するまでだ。それまでだけでも、敵を集中攻撃する価値は充分にあると私は判断した。それが敵の総大将の艦だとすれば、なおさらだ」

そのとき、山本の双眸が鋭く光った。

「Z旗！」

旗艦『駿河』の昼戦艦橋がどよめいた。

Z旗とは『皇国の興廃この一戦にあり、各員いっそう奮励努力せよ』を意味する赤、青、黄、黒の四色に染めわけられた旗だった。

かの日本海海戦の際に、当時の連合艦隊司令長官東郷平八郎大将が掲げて、完全勝利を手にした旗である。

それを山本は四〇年ぶりに掲げよと命じた。それは日本海海戦のときと同じく、この海戦が国運を左右する重大な戦いであると考えているからにほかならなかった。

艦隊将兵がそれを見て、奮いたたないわけがない。

「艦隊針路三《さん》、二《ふた》、〇《まる》。同航砲戦用意。第一戦隊、目標敵一番艦。第二戦隊は『加賀』『土佐』、目標敵二番艦。『長門』『陸奥』、目標敵三番艦。以下……」

山本は詳細に目標を指示した。第一戦隊の紀伊型戦艦四隻で敵旗艦を集中して叩き、それ以外の敵戦艦はそれぞれ一隻につき二隻であたらせる。数の優位で圧倒しようという考えだった。

「第七戦隊以下、突撃させます」

「よかろう」

山本の承認を得た宇垣が命ずる。戦艦の砲撃に先がけて、巡洋艦以下の中小艦艇が敵の中小艦艇の撲滅と、敵戦艦の牽制に向かうのである。

日本海軍の巡洋艦と駆逐艦は、雷装を重視して設計された艦が多い。うまくいけば、一発大物を仕留められる可能性もある。

これまで戦艦の周囲に貼りついて警戒にあたっていた特型駆逐艦や陽炎《かげろう》型駆逐艦が、いっせいに面舵を切って敵に向かっていく。

「一、二戦隊は距離二五〇《ふたごまる》で射撃開始。最大戦速！」

機関のうなりとともに、足下から伝わる振動がはっきりと高まった。

艦橋にぶつかる風圧が増し、白波が艦首の左右にちぎりたつ。

八八艦隊計画の第三陣として建造された紀伊型戦艦は艦種こそ戦艦であるが、最大出力一三万二〇〇〇馬力の機関は基準排水量四万二六〇〇トンの巨体を最大三〇ノット弱の快速で走らせる。

速力でみれば、巡洋戦艦にも近い高速戦艦と言っていい。

八八艦隊計画艦全般に言えることだが、改装によって延長、変形されたS字形のダブル・カーベチャーと呼ばれる形状の艦首は、凌波性もまずまずだ。

以前ならば錨甲板に荒波が押し寄せ、第一主砲塔の発砲に悪影響すらおよぼしかねなかったが、それはない。

連装五基の主砲塔はすでに右舷を指向し、一〇門の主砲身は大きく天を仰ぎみていた。

第一、第二艦隊は同航しながらも、今は敵を追いかける格好になっているが速力は優勢だ。やがて優位に立てる場面が必ず来るはずだ。

山本は敵一番艦を凝視した。

そこには、敵の総大将たる太平洋艦隊司令長官ハズバンド・キンメル大将が座乗しているはずだった。

閃光が視界を切り裂き、紅蓮《ぐれん》の炎が大気を焦《こ》がした。

この日、最初に発砲したのは第三戦隊の二番艦であり、穂高型巡洋戦艦の二番艦にあたる『蓼科《たてしな》』だった。

前部二門のみの発砲とはいえ、砲声と衝撃は強烈だった。

それもそのはず、穂高型巡洋戦艦はこの海域で最大の火力を持つ。搭載する連装四基八門の四六センチ砲は、掛け値なしに世界最大最強の艦砲であり、威力、射程とも抜きんでていた。

第二艦隊司令長官古賀峯一大将は、第三戦隊の穂高型巡洋戦艦四隻に射距離三万メートルからの発砲を命じていた。しかし、古賀が座乗する旗艦『穂高』がやや発砲に手間取っている間に、『蓼科』が一番槍を放ったのである。

方位盤射手の渡良瀬欣司特務少尉は接眼レンズに目を押しつけながら、目標である敵四番艦を睨んでいた。

弾着観測機が飛んでいれば、そこから得られる詳細な情報で、さらに遠い位置からの射撃も可能だが、艦上からの観測だけの今は大遠距離射撃の部類に入る。

目標は小さく、うっかりすると照準を外しかねない。

渡良瀬は発砲を実行する射手とともに、俯仰手として上下方向の照準を兼務しているため、渡良瀬の照準が甘いと、射弾は遠近に外れることになる。精緻な作業が求められる。

前後から、互いに入れ替わるようにして砲声が轟く。

一番艦『穂高』と三番艦『笠置』、四番艦『鞍馬』が相ついで発砲したのだ。

口径四六センチの主砲による競演は、敵にとってはさぞかし厄介なものに違いない。

「第一射弾着、全近。錨頭、右寄せ二、上げ一」

砲術長の家村壮治郎中佐が、弾着結果をもとに修正指示を出した。

『蓼科』が放った初弾は、二発とも目標の手前に落下した。どうやら見越しが不足していたようだ。

　しかし、修正指示は上げ一。すなわち、わずかに一〇〇メートル分仰角を上げよというものであり、初弾にしては悪くない。

「装填よし」

「照準よし」

「射撃準備完了」

「撃《て》っ」

　渡良瀬は全神経を指先に集中させて、引き金を引いた。

　今度は前部第一、第二主砲塔の左砲から、重量一・五トンの巨弾が飛びだす。

　艦砲射撃というものは、発射した全弾が同一地点に着弾するものではない。必ずある一定の範囲に散らばって着弾する。この散らばる範囲を散布界と呼ぶ。

　艦砲射撃はこの散布界を一射ごとに移動させ、散布界内に目標を包み込むようにして命中弾を得るように行う。これを公算射撃と呼ぶ。

　散布界を移動させる間に照準を繰りかえすやり方は、各国海軍で異なる。

　日本海軍は各砲塔一門ずつの交互射撃を実施して、一射めで方位を二射めで距離を確定させる、初弾観測二段撃ち方という射法を基本としている。家村はこれを同時に行う初弾観測急斉射を敢行した。自信と信頼の裏づけがあってのことである。

「第二射弾着。錨頭、左寄せ一、上げ一」

　家村の指示に、渡良瀬は内心で舌打ちした。方位の修正は行きすぎたが、逆に距離の修正はまだ足りないという。

　やはり目標が遠いこともあって、なかなか一射や二射で正確な照準値を得るのは難しいようだ。

「三番、四番主砲塔、射界に入りました」

（思いのほか早かったな）

渡良瀬は目標を追尾しつつ、彼我の位置関係を頭に描いた。

はじめは死角にあった後部の主砲塔が目標を射界に捉えたということは、それだけ彼我の相対速度が開いていたことを意味する。

それは言いかえれば、それだけ自分たちが優速であるということだ。

『蓼科』は第三射、第四射を放った。

渡良瀬ら射撃指揮所に詰める者たちは一瞬の隙もつくらずに、望遠レンズを通して目標を追いかけ続けている。

「錨頭、右寄せ一。上下角このまま」

（よし！）

渡良瀬は胸中で拳《こぶし》を握りしめた。

距離については修正の必要性がないと、砲術長は判断した。

多少手こずったが、渡良瀬が関わった主砲身の仰角については、ここで正しい照準値を得たのである。試射の門数が増したことも好影響を与えたのかもしれない。

その証拠に第五射では待望の光景が見られた。

「近、近、近、遠。夾叉《きょうさ》！」

「よし」

「やった」

砲術長の声に、射撃指揮所が喝采に沸いた。

渡良瀬も目標の前後に立ちのぼった水柱をはっきりと見た。『蓼科』はついに散布界という網に、目標を捉えたのである。

（次からは本射か）

渡良瀬はここで一度深呼吸した。

正しい照準値を得た『蓼科』は、全力射撃に移行する。目標を叩きのめすまで八門の全門斉射を続けるのだ。

渡良瀬が負う責任も、これまで以上に重くなるとみねばならない。

敵はまだ撃たない。これが四六センチ砲と四〇センチ砲との差か。

『蓼科』は敵の有効射程外から一方的に打撃を与えるという設計思想を、実戦で見事に再現してみせたのである。

（サウスダコタ級だな）

距離が詰まるにつれて、これまでぼんやりとしか見えなかった目標の艦影がはっきりとしてくる。

三連装の主砲を前後に背負い式に二基ずつ搭載し、二本の籠マストの間に玉葱のような形の誘導煙突を設けた艦は、敵のダニエルズ・プランの目玉であったサウスダコタ級戦艦である。

口径一六インチ三連装四基、計一二門の火力は、我が紀伊型や加賀型戦艦の火力を上まわる。

この強敵に穂高型巡洋戦艦がぶつかるというのは、自分たちにとっては最良の展開である。

「手遅れだよ」

家村がつぶやくのが聞こえた。

目標の艦上に最初の発砲炎が閃いた直後、『蓼科』は全力射撃に入った。

八門の四六センチ砲が猛然と吼《ほ》える。

鮮赤色に視界が完全に染まったかと思うと、これまでとは比較にならない衝撃が艦内を襲った。反動で基準排水量四万二六〇〇トンの艦体がわずかに左に傾き、渡良瀬は身体に痺《しび》れを覚えた。

「次発装填、急げ」

本射に入れば、いちいち弾着を待つ必要はない。砲弾と装薬を砲身内に押し込み、次々と目標に叩き込むだけだ。

「撃《て》っ」

再び『蓼科』の右舷に、炎の幕が現出した。大気を焼き、海水を白く蒸発させる灼熱の炎である。

同時に爆風と衝撃波が海面を殴打する。

その発砲の轟音にかき消されてか、あるいはあまりに見当外れの方向に逸《そ》れていったのか。敵弾の飛翔音や弾着音は感じられなかった。

第二斉射に伴う爆煙が合成風に流されたところで、目標の周囲に水柱が突きたつ。

一本、二本、そして三本めを数えたところで、立てつづけに閃光がほとばしった。

「命中二！」

（やった）

渡良瀬は再び胸中で拳を握りしめた。

そのまま天高く火柱が立ちのぼり、木端微塵になって目標が轟沈する。そんな光景を期待したが、そう甘くはなかったようだ。

目標の敵四番艦――サウスダコタ級戦艦はうっすらと白煙を引きずりながらも、さほど艦影に変化はない。反撃の砲火も艦の前後に閃き、速力にも衰えはないようだ。

アメリカの戦艦は伝統的に速力を犠牲にしても、防御力を優先して設計されていると聞く。その重防御が致命的な損害を回避させたのである。

しかし『蓼科』が放つ砲弾は、並みの戦艦のものではない。重量にしてアメリカ戦艦の五割増しにあたる砲弾は、運動エネルギーの法則から威力も五割増しになる。

その繰りかえしの砲撃に耐えられる艦など、あるはずがない。本射に入った今、これからは一射ごとに一、二発の命中弾が出てくるはずだ。

（どこまで耐えられるかな）

渡良瀬は口端《こうたん》を吊りあげながら、目標の追尾を続けた。

第一水雷戦隊旗艦・軽巡『名取』は駆逐隊四隊計一六隻の駆逐艦を率いて、「乙」と名付けた敵艦隊に向けて突撃していた。

『名取』に求められる役割は、針路に立ちふさがるであろう敵駆逐艦を砲力の優位を生かして追いはらい、配下の駆逐艦に突破口を開くという前路啓開である。

しかし、長良型軽巡の三番艦である『名取』は、主砲が一四センチ単装砲七門、しかも配置の問題で一方向への射撃門数が限られるなど、砲力は充分とはいえない。

あまり無理はできなかった。

『名取』の水雷方位盤射手香坂信特務少尉は、水雷長飯田仁作中佐とともに、前檣最上部の魚雷発射指揮所に陣取っていた。

燃焼ガスの純粋酸素を用いる酸素魚雷の開発に成功したことで、日本海軍の雷撃距離は飛躍的に伸びた。

そのため、それまでは各発射管での個別の照準に頼っていた雷撃戦術も、進化の必要性を問われることになった。

そこで開発されたのが、戦艦の方位盤射撃にならった水雷方位盤による統制雷撃である。

艦橋構造物の後ろに棒檣等の前檣を建て、その最上部に水雷方位盤を含んだ魚雷発射指揮所を設ける。当然、高さがあれば視界は広がり、見とおせる距離も遠くなるというものだ。

この魚雷発射指揮所で、各発射管を一元管理すれば大遠距離雷撃が可能となる。

これが、日本海軍の水雷艦艇の基本装備となっていた。

水雷戦隊旗艦の水雷方位盤射手といえば、水雷の一線で働く者たちにとっては、花形の職と言っていい。

香坂も海兵団同期で巡洋戦艦『蓼科』の方位盤射手についた渡良瀬欣司同様、日々のたゆまぬ努力と人並み外れた精神力で目的の座をつかみ取っていた。普段、口数の少ない香坂は、なおさら内面に燃えるものがあった。

「どうやら戦隊司令部は、各駆逐隊に散開を命じたようだな」

「自分たちの任務が敵艦隊の牽制であるならば、正しい判断だと思います」

飯田の言葉に香坂は答えた。

やや太めの体形だが、丸刈りに丸い眼鏡の風貌は謹厳実直を表している。命令は絶対で、それを忠実に実行するのが自分の役割と信じる香坂だが、それでいて渡良瀬や巡洋戦艦『蓼科』の飛行科観測班長を務める郡司虎雄といった同期に対するライバル心は人一倍強かった。

（レキシントン級だな）

最大の敵である戦艦は、艦上に多数の直立した煙突を持っていた。艦内に二段にのぼる二〇基もの缶を内蔵したため、その排煙をまとめられずに七本の細い直立した煙突を設けた特異な設計は、世界広しといえども、アメリカ海軍のレキシントン級巡洋戦艦以外に例はない。

四万トンを超える巨大な艦は、大物食いを狙う水雷屋にとって、まさに垂涎《すいぜん》ものの獲物だった。

しかし、当然ながら接近するにつれて、敵の迎撃は熾烈になってくる。

『名取』の周囲にも弾着が相つぎ、時折白濁した水塊が上甲板や主砲塔を叩く。

敵の護衛艦艇の砲火もけっして弱々しくはないが、やはり強烈なのはレキシントン級巡洋戦艦の砲撃だ。副砲や高角砲だけでも、舷側いっぱいに広がる発砲炎は迫力があり、はっきりとした威圧感を覚えさせる。

「『浦風』被弾！」

「『磯風』被弾！」

悲痛な報告が相つぐ。左右それぞれを追走していた駆逐隊のうち一隻ずつが、敵弾を食らったのだ。

『浦風』の炎は酷《ひど》い。艦首のやや後ろから吹きでた炎は、合成風に煽られて艦橋をあぶり、さらに後ろへ拡がろうとしている。

『浦風』はさながら炎の蓑《みの》をかぶって進んでいるようなものだった。

『磯風』が引きずる炎や煙はたいしたことがないが、よろよろと足取りはひどく衰え停止寸前だ。恐らく敵弾は艦内深くまで飛び込み、機関を破壊したに違いない。

（畜生……）

香坂は左右それぞれを振りかえりながら、胸中でつぶやいた。

内地からこの太平洋のど真ん中まではるばる運んできた魚雷を、放つことすら叶わずに脱落する『浦風』『磯風』の五〇〇名弱の乗組員の無念は、察するにあまりあった。

さらに赤い光が一度、二度と射し込む。ほかにも被弾した艦が出たらしい。

「艦長からです」

飯田が応じる。どうやら戦隊司令部に動きがあったか。

「距離一二〇《ひとふたまる》（一万二〇〇〇メートル）で雷撃後、ただちに反転。全艦離脱する」

（一二〇《ひとふたまる》……）

伝え聞いた指示に、香坂は複雑な思いだった。

雷撃の観点でいけば、一万二〇〇〇メートルという距離は、いかにも遠い。必中を期すならば、三〇〇〇メートルか、少なくとも五〇〇〇メートルまでは近づきたい。

いかに長射程、大威力の酸素魚雷であっても、当たらねば並みの魚雷と変わらない。

だが、これ以上危険を冒すことはできないという、戦隊司令部の考えもわからなくはない。

無理をしたあげくに、雷撃前に全滅しては元も子もない。ただ、せっかくの好機なのだが。

「回頭と同時に、二秒間隔で発射する」

「牽制という意味では、賢明なご判断だと考えます」

「どうだ？」という飯田の目に、香坂は数秒の間を置いて答えた。

「今は敵戦艦への絶好の雷撃機会です。多少の危険は承知でも、ここはぎりぎりまで近づいて必中の雷撃を敢行すべきです。魚雷はコンマ五秒まで集中させて、撃沈を狙いましょう」といった、胸の奥底にくすぶる思いが、その数秒間に表れていたが、香坂がそれを口に出すことはなかった。

上の指示に粛々としたがい、狙った成果を確実に、最大限つかむために努めるのが自分の役割だと、香坂はあらためて思いなおしていた。


もちろん、自分がそうした戦術的な進言をする立場にないこともわかっている。

敵の小口径弾が『名取』を叩いた。

前甲板の板材がはぎとられ、一瞬の間を置いて黒褐色の爆煙が湧きでる。

「雷撃用意！」

「はっ」

香坂は水雷方位盤に、かじりつくようにして取りついた。

やがて『名取』をはじめとする一水戦の各艦は、次々に魚雷を置き土産にして回頭、離脱しはじめた。

一九四一年一〇月二七日　マーシャル沖
戦艦『サウスダコタ』司令塔

再び悲鳴のような金属音が、両耳を刺激した。

艦が不気味に振動し、罵声とも怒声ともつかない声が、どこからか聞こえてくる。

紀伊型戦艦四隻の集中射を浴びる『サウスダコタ』は苦しんでいた。

すでに主砲火力の半数が失われ、艦内複数箇所で発生した火災は鎮火の見とおしも立っていない。

「このままでは危ない。いかに堅牢に造られたサウスダコタ級戦艦といえども、このまま被弾を続けては、いずれ力尽きる。太平洋の暗い水底に、引きずり込まれるように沈んでしまう」

そんな思いもよぎりはじめていたが、ひとりとして口に出す者はいなかった。

司令長官ハズバンド・キンメル大将をはじめとして、太平洋艦隊司令部の者たちは焦りの色を強めつつも、こんなはずはないという思いを交錯させて、困惑の淵でもがいていた。

「第二任務部隊は、まだ来ないのか！」

「敵水雷戦隊の雷撃を受けて、遅れております」

「むう」

首席参謀チャールズ・マクモリス少将の返答に、キンメルはうめいた。

もとはと言えば、先手を打ったはずの艦隊分割が、裏目に出た結果である。

キンメルは、直率する第一任務部隊とウィリアム・パイ中将に任せた第二任務部隊とを別個に行動させたことで、敵を一対一の同航戦に誘ったつもりだった。

敵の八八艦隊各艦と自分たちのダニエルズ・プラン艦とを個艦で比べれば、自分たちが有利であり、局面局面で圧倒できるはずだ。

そもそも、第一任務部隊のサウスダコタ級やコロラド級の戦艦と、第二任務部隊のレキシントン級巡洋戦艦では速力の差がありすぎる。単一行動をとらせればレキシントン級の快速を殺してしまうという考えも含んでいた。

もし、敵が誘いにのらずに一方に食いついてきたとしても、その場合はフリーになったもう一隊で挟撃を仕掛ければ、より有利に砲戦を進められる。

しかし、これらのキンメルの考えは完璧に否定された。

敵将イソロク・ヤマモトは、第一任務部隊に戦艦戦力の全力を傾注しつつも、第二任務部隊には水雷戦隊を差しむけて、足止めの役割を課したのである。

「ほかの艦はどうだ」

「どの艦も苦戦しています。敵はどれも複数の艦を割りあてているようです。

さすがに二対一や三対一となると、砲戦を優位に進めるのは容易ではありません。特に『ノースカロライナ』の損害は深刻だと報告が入っています」

もともと老けて見えるマクモリスの顔が、芳しくない状況から、さらに一〇歳も年老いたように見えた。キンメルも頬を引きつらせながら、つぶやく。

「日本軍はこれほどまでのものだったのか。いや、そんなことはない。我が合衆国海軍こそ世界最強。それを上まわる敵など、あるはずがない」

『サウスダコタ』が反撃の砲火を閃かせる。後部の主砲塔二基はすでに旋回不能になったり、砲身が折れたり、ねじ曲がったりしたため使えない。

敵に牙を剥くのは、残った前部の主砲塔二基六門だけだ。

二五〇キログラムの装薬に点火し、一トン強の徹甲弾六発が初速七六八メートル毎秒で叩きだされていく。

しかし、その戦果を確認する間もなく、倍にも三倍にもなる返礼がやってくる。

甲高い轟音が背中を叩くと同時に、艦がのけぞるようにして傾く。

悲鳴や絶叫が混在するなか、海図が飛び、何人もの将兵が足をとられて転倒する。それが収まらないうちに、今度は強烈な前のめりの衝撃が襲う。

キンメルは前方の壁に叩きつけられた。

けたたましい音とともに、防弾ガラスが粉微塵に砕け散り、一部はキンメルの身体に突き刺さった。苦痛のうめきが、そこかしこに漏れる。

「提督」

「すまんな」

マクモリスの肩を借りて、キンメルは立ちあがった。歯が折れ、滲みでる鮮血で口のなかが塩辛い。呼吸も苦しいことから、折れた肋骨が肺を圧迫しているのかもしれない。

マクモリスも額を切って、顔面に紅い筋が走っている。

(あれか)

二回めの衝撃の原因は、すぐにわかった。

眼下に鎮座していた二番主砲塔が、哀れな姿を晒していた。三本ある主砲身のうち、右砲は根元からぽっきりと折れて失われており、中砲と左砲はありえないUの字に曲がっていた。

大きくくぼんだ主砲塔前盾が、敵弾の激突した衝撃の大きさを物語っていた。敵弾の運動エネルギーがわずかでも大きかったら、『サウスダコタ』はこの時点で致命的な打撃を被っていたかもしれない。

防御力重視の分厚い装甲が、かろうじて敵弾の艦内突入を阻止したのだ。

しかし、『サウスダコタ』が沈没という終局に向かっているのは、たしかだった。

それをさらに早めるべく、敵の四一センチ弾が降りそそぐ。一番艦から四番艦までの重量一トン強の巨弾が、着実に『サウスダコタ』の艦体を狙っていた。

とどめの一撃というのは、こうしたものを指すのだろう。

これまで繰りかえし被弾しながら、速力も火力も衰えを見せていなかった敵四番艦が、ついに見せた苦悶の様子だった。

命中の閃光が弾けて間もなく、敵四番艦の中心付近から火柱があがった。

火柱は一本だけでなく、その周辺で斜めに、あるいは横向きに複数本が走りでた。

その炎を背景に、丈高いマストと大型の誘導煙突とが、スロー映像のようにゆっくりと根元から倒壊していく。

（やった！）

巡洋戦艦『蓼科』の方位盤射手渡良瀬欣司特務少尉は方位盤の望遠レンズを通して、それらの一部始終を目にしていた。

海軍に入って一四年間、これまでこなしてきた幾多の訓練と積み重ねてきた努力とが、実戦で報われた瞬間だった。

巡洋戦艦『蓼科』の四六センチ砲という、日本海軍で最大最強の砲を任された期待に、これで少しは応えられたかという安堵もあった。

それを境にして敵四番艦は沈黙した。それまで執拗《しつよう》に抵抗の炎を閃かせていた四基の三連装主砲塔は火を失い、艦はゼンマイの切れた人形のようによろよろと足取りを鈍らせ、やがて停止した。

ここまで耐えに耐えてきたものが、ついに力尽きた。そんな印象だった。

炎の勢いから敵の装薬を引火させたことはたしかだが、爆沈にいたらなかったので、主砲弾火薬庫の誘爆とは考えにくい。

恐らくその最悪の事態だけは、敵の乗組員の決死の行動——炎や煙に巻かれながら命を落とすことを顧《かえり》みない注水作業が妨げたのだろう。

『蓼科』が放った四六センチ徹甲弾は、敵四番艦の主砲塔内部に突入して、装填待ちや給弾ラインにのった装薬の引火、爆発を招いたのである。

そして、その衝撃はそれまで海水の浸入をかろうじて食い止めていた隔壁を破るには充分なものだった。

敵四番艦の艦内は炎と海水とに席巻されて、万事休すとなった。

「目標、沈黙！」

砲術長家村壮治郎中佐の声に、射撃指揮所は拍手喝采に沸いた。

目標は、敵の戦艦のなかではもっとも強力な一六インチ砲一二門を持つサウスダコタ級戦艦だ。

自分たちが世界でもっとも大きな砲を操っていることはわかっていたが、それがそのまま世界最強であることが証明できたと、家村を筆頭に誰もが満足げな笑みを見せていた。

士気は最高潮に高まっている。

「こちら砲術」

目標変更に関して艦長の指示が入ったようだ。

家村砲術長が高声電話で、艦長高橋雄次大佐から指示を受ける。

「おっ」

その様子を見ながら、渡良瀬は艦が回頭しはじめたことを悟った。

一番艦『穂高』の航跡を追っていた『蓼科』の艦首が、徐々に右を向こうとしている。

家村が高声電話の受話器を置き、全員に聞こえるように受領した命令の内容を伝えた。

「反転一八〇度。第三、第四戦隊は一斉回頭して、新たな目標に向かう。敵の『乙』部隊が後ろから迫っている。やるぞ！」

「はっ！」

渡良瀬は新たな血が騒ぐのを感じた。

サウスダコタ級戦艦に続き、今度の敵は恐らくレキシントン級巡洋戦艦になる。

快速の大型巡洋戦艦だ。

天城型巡洋戦艦の後継艦として建造された穂高型巡洋戦艦の二番艦『蓼科』から見れば、真の宿敵と言える。

毛色の違う敵主力艦二隻を沈めることで、自分たちの実力をさらに証明できる。

「第九戦隊です！」

『蓼科』らに迫ろうとする敵駆逐隊の前に、最上型軽巡四隻からなる第九戦隊が立ちはだかった。

すでにその一隻は、艦上に発砲炎を閃かせている。しかも驚いたことに、初発から全力射撃を敢行したらしい。発砲炎が艦上から伸びるというよりも、片舷に炎の幕が張りめぐらされているという表現がふさわしい。

「『熊野』だな。さすが猪口艦長」

渡良瀬は家村がつぶやくのを聞いた。

戦技競技会で当時渡良瀬が乗り組んでいた『日向』を抑えて、砲術部門第一位の座に輝いた『熊野』と艦長猪口敏平大佐だった。

「さすがだ。わかるか、あの理由を」

家村は解説した。

「ほかの三隻は基本どおりに交互撃ち方の試射に入ったが、『熊野』だけはあえて異端に外れた。あれは機先を制して敵の戦意を削ぐとともに、こちらに敵を近づけまいとする任務の優先順位をきっちりと理解しているからだ」

「敵の撃沈ではなく、早期撃破あるいは追いはらうだけでいいと」

「そのとおりだ」

渡良瀬の反応に家村はうなずいた。

「必ずしも命中させせなくていい。とにかく、敵の突進を阻む。ならば、一度に大火力を見せつけるのが有効だ。そうした臨機応変な戦術選択ということさ」

『蓼科』は基準排水量四万二六〇〇トンの巨体を大きく翻した。

改装によって延長された艦首が巨大な水塊を押しのけ、菊花紋章から主錨、錨鎖、そして前部背負い式の連装主砲塔が風を切り裂く。

その先には、基準排水量四万三五〇〇トンのレキシントン級巡洋戦艦が迫ってきているはずだった。

けっして良い状況とは言えなかったが、巡洋戦艦『コンステレーション』の艦内は、まだまだ悲愴な雰囲気ではなかった。

「まったく。サプライズならば、せめて美女の出迎えであってほしかったな」

艦長チャック・ライト大佐のジョークが、周囲の笑いを誘う。

ライトの表情には余裕があった。

ライトも太平洋艦隊司令長官ハズバンド・キンメル大将と同じく、合衆国海軍は世界一であり、太平洋艦隊こそが世界最強の艦隊であると、信じてやまない一人だった。

海戦の出だしで多少つまずいたかもしれないが、こんな些細な劣勢など、すぐに覆せる。日本艦隊など、そのうち尻尾を巻いて逃げだすだろうと、ライトは楽観的に考えていた。

(しかし、キンメル長官はなにをしているんだ)

『コンステレーション』が属する第二任務部隊は、キンメル長官直率の第一任務部隊が敵の集中砲火を浴びているとの情報に接し、全速で救援に向かっていた。

途中、敵の水雷戦隊の雷撃に遭って思わぬ時間を浪費したが、損害はたいしたことがない。『コンステレーション』らは隊列を乱しながらも、自慢の快速で現場に急行していた。

「寄ってたかるのは、プレゼントをねだる子供だけにしてくれよ」

副砲が接近しようとする駆逐艦を蹴散らす。

レキシントン級巡洋戦艦の砲兵装といえば、なんといっても連装四基八門の長砲身五〇口径一六インチ砲がメインだが、中小艦艇撃退用に一六門の六インチ砲を積んでいる。

戦艦相手には役に立たないが、駆逐艦相手にはオーバー・キルといってもいいくらいだ。

「前方に敵大型艦、フソウ・タイプの戦艦らしい」

「ほう」

ライトは微笑した。

肉眼ではよくわからないが、いかにも継ぎたしたような不格好で曲がりくねった艦橋構造物が特徴の艦だ。見張員は艦上に見える細長い構造物から、艦型を判断したのだろう。

主砲配置も艦全体に六基という、防御面から見ればきわめて危険なものだったはずだ。

(本番前の景気づけには手ごろな相手かもしれんな)

ライトは左右を振りかえって、にやりと笑った。

第二任務部隊に所属する巡洋戦艦六隻のなかで、『コンステレーション』は現在先頭を走っている。

司令部からは、特に細かな指示も届いていない。

「こんなところで、もたもたしているわけにはいかん。このまま突っ込むぞ。

あんな旧式、恐れるに足らん。すれ違いざまに沈めてしまえ」

「イエス、サー」

航海長レッド・フォリスター中佐が、大きく身体まで使って反応した。

ギャンブル好きのフォリスターにとっては、慎重な対応よりも、こうした思いきった作戦のほうが好みには違いなかった。

もっとも、嫁に逃げられ、子供にも愛想を尽かされたとあっては行きすぎのような気もするが、軍人としてフォリスターの能力はたしかだ。先刻受けた雷撃も、フォリスターの的確な助言のおかげで、ことごとく回避できた。

「フソウ・タイプの後方に新たな艦影。本艦から見て、左舷前方」

「『ヤマシロ』かもしれませんな。少し外観が異なります」

「そうだな」

フォリスターとともに、ライトは報告の艦を凝視した。

全体的に『扶桑』に似た戦艦のようだが、艦橋構造物が低くまとまっているように見える。同型艦の『山城』に違いない。

「二隻まとめて相手してもかまいませんが、あえて敵にチャンスを与えることもないでしょう。

針路を二六〇度にとって、『フソウ』の鼻先を抜けましょう。『ヤマシロ』がまわり込もうとするかもしれませんが、どのみち本艦には追いつけません」

「よかろう」

ライトはフォリスターの案を受けいれた。

「本艦針路二六〇度。機関全開、最大戦速！」

『コンステレーション』は最大速度の三五ノットに向けて加速した。

艦尾が曳く白い海水の泡立ちが増し、司令塔にあたる合成風の圧力が高まる。

「重防御だが低速」というアメリカ戦艦の「常識」を覆す快速が、レキシントン級巡洋戦艦の大きな武器である。

「あんな弱敵に無駄弾を使う必要はない。主砲、二万五〇〇〇ヤード（二万三〇〇〇メートル）で発砲開始」

ライトは充分引きつけての発砲開始を命じた。三万メートルをはるかに超える射程距離からすれば控えめな距離だが、そのぶん高い確率での命中が見込めるはずだ。

敵は回頭して全砲門を向けてきた。

「火力を最大にしようという狙いだろうが、それだけ的が大きくなるってもんよ」

発砲は敵が先だった。

やはり六基という多砲塔配置は、艦首から艦尾まで艦全体が火を噴いたような印象を与えてくる。

一射、二射と敵弾は飛びこえる。『コンステレーション』の高速性に、うまく対応できていないようだ。

それでも『コンステレーション』が発砲するまでは、敵はうまく修正をかけてきた。

金属的反響を残して黒い影が視界をよぎる。

「第三主砲塔に直撃弾、損害なし」

「左舷中央に直撃弾、損害なし」

ライトは嘲笑した。

「時代遅れの一四インチ砲ごときで、この『コンステレーション』を沈めることはできん」

『山城』は僚艦が相手取ったようだ。左舷に黄白色の閃光が、しきりに明滅しはじめている。

「敵艦との距離、二万五〇〇〇ヤード」

「ファイア、フライ（撃ち方始め）！」

ライトの号令一下、『コンステレーション』がついに砲門を開いた。

横腹を向ける敵に対して、強引に突っ込む格好になっているので、後部主砲塔は射界から外れている。発砲可能なのは前部四門に限られるので、砲術長は初弾から斉発、すなわち全門の発砲を命じたようだ。

また、ぎりぎりまで引きつけるというライトの狙いはてきめんだった。

初弾から命中とはいかなかったが、二射めで夾叉、三射めで早くも命中弾が出た。

命中の直後、湧きでる炎とともに、無数の破片が飛びちり、『扶桑』は激しく揺れうごいた。

特徴的な細長く不格好な艦橋構造物がぶれて見える様は、病魔に冒された患者が痙攣《けいれん》しているかのようだった。

そして、『コンステレーション』が五射めを放とうとするころ、呆気なく勝敗は決した。

誘爆のものと思われる火球が中央で弾けたのが見えると、突如『扶桑』は爆裂した。

艦首と艦尾が瞬間的に跳ねあがり、くの字に折れた艦体が水蒸気と煙のなかに引きこまれていく。

恐らく、『コンステレーション』が放った一六インチ弾一発が、『扶桑』の主砲弾火薬庫に到達したのである。

旧式で、かつせいぜい対一四インチ弾程度の防御力しか与えられていない艦にとっては、ひとたまりもない。

主砲の多砲塔配置は、必然的に弾火薬庫が広範囲におよぶことを意味する。前から後ろまで、艦全体が火薬庫のような設計上の弱点が、哀れなまでに露呈した結果だった。

内部から艦体を引き裂かれた『扶桑』は、たまらず太平洋の荒波に飲み込まれていったのである。

「あんな旧式艦でも、本艦にかすり傷くらいは負わせたんだ。褒《ほ》めてやろうじゃないか。とっくの昔に引退したよぼよぼの元ボクサーが、現役のチャンピオンにジャブを当てたようなものだから な」

ライトは周囲の笑いを誘った。

もちろん、『コンステレーション』がいるべき場所はここではない。

すでに正面には、新たな敵大型艦の姿が見えている。扶桑型と違って艦影は整い、かつ大きいように見える。敵が誇る八八艦隊計画戦艦に違いない。同型艦らしい艦が四隻いる。

敵は機敏に動いた。転舵したと思ったら、すぐに発砲の閃光が艦上にほとばしった。

やはり旧式戦艦に比べて、乗組員の質も高いのかもしれない。その思いは弾着を見て、さらに強まった。

全身の毛を逆立たせる強烈な風切音が極大に達したと思うや否や、『コンステレーション』の前方海面が消失した。

青々とした海面の代わりに、白濁した水壁が視界を遮ったのである。

水塊は水柱となってそそり立ち、その頂《いただき》は『コンステレーション』の司令塔から見える範囲を超えていた。

「ぬっ」

「ぐっ」

声にならないうめきが方々から漏れるなか、全速航行する『コンステレーション』は崩落する水柱に突っ込んだ。

前進する『コンステレーション』の推進力と落下する海水の重力加速度とがせめぎ合い、主砲塔や司令塔を叩く雨滴の様子は、さながら超大型のハリケーンに遭ったかのようだった。

「小癪《こしゃく》な」

ライトはつぶやいた。

敵の弾着はなかなかのものだった。集弾は優れて散布界は小さく、照準も正確だった。

もっとも近い水柱は一〇〇メートルも離れていない。さらに問題なのは水柱の規模だった。その太さ、高さとも経験したことのないものだ。とても一六インチ砲弾がなせる芸当ではない。

「水柱は四本。ホダカ・クラスです」

フォリスターの推論は正しかった。

日本海軍は各砲塔一門ごとに試射を行うことを基本としている。ということは、主砲塔は四基。それに合致するのは長門型か穂高型となり、同型艦が四隻ということで、長門型が外れることになる。

紀伊型や天城型が五基の主砲塔を持つのに対して、穂高型が主砲塔四基に減じたのは三連装砲塔を採用したか、あるいは主砲口径を大きくしたとしか考えられないと言われていたが、どうやら真実は後者だったようだ。

敵の穂高型巡洋戦艦は自分たち合衆国海軍すら持っていない、口径一七インチあるいは一八インチの主砲を搭載している。

しかし、だからといって引きさがるわけにはいかない。星条旗を掲げる者の責任として、対立する日本の戦艦は、なんとしてでも沈めねばならないと、ライトは逆に自分を鼓舞した。

敵がいかに大きな砲を持っていようとも、それが推定どおりの性能かどうかはわからない。敵がそれを使いこなせるかどうかもわからない。

総合戦闘力では自分たちが必ず上であると、ライトは信じていた。

『コンステレーション』が反撃の砲声を轟かせた。

「あれか」

対峙《たいじ》する穂高型巡洋戦艦の艦容がうかがえる。どうもほかの三隻とは少し艦橋構造物の形状が異なるように見えた。

この時点で、ライトは『蓼科』の艦名までは知らなかったが、たしかに『コンステレーション』が撃ちあう穂高型巡洋戦艦は、ほかの三隻とは違って、艦橋構造物の上部が洗練された曲線の入った形状をしていた。

これはポスト八八艦隊計画戦艦に装備する前提の試験運用として、新型の九八式方位盤が『蓼科』にのみ装備されたものだった。

『コンステレーション』は『蓼科』と一対一の砲戦に入った。勝敗が、それぞれの腕の差によってはっきりと出るような状況だった。

同日　マーシャル沖
戦艦『サウスダコタ』司令塔

戦艦『サウスダコタ』は気息奄々《きそくえんえん》としていた。

アメリカ戦艦の特徴である籠マストは、二本のうち後部の一本が上半分をもぎとられて、つりあいの悪い格好になっており、その前の誘導煙突は完全に潰されて排煙が直接上甲板から漏れでているような状態だった。

四基の主砲塔も大なり小なりの損害を受けて、特に前部の二番、後部の三番主砲塔は、屑鉄《くずてつ》の堆積場といった有様だった。

直線的な巨体も、いたるところに亀裂や破孔が覗いている。

たび重なる被弾によって艦容が大きく変貌した『サウスダコタ』に、もはや太平洋艦隊旗艦の威厳はなかった。

（もう少し、もう少しの辛抱だ。第二任務部隊が加われば、状況は一変する）

太平洋艦隊司令長官ハズバンド・キンメル大将は、まだそのように信じていたが、状況はきわめて厳しかった。

すでに四番艦『ノースカロライナ』と五番艦『アイオワ』、コロラド級戦艦『ワシントン』が沈没し、隊列から脱落した二番艦『インディアナ』と『コロラド』も火災の炎が機関にまわっており、助かりそうにない。

両艦長からは、すでに総員退去と自沈の願いが出されている。

「我々は世界最強の艦隊なのだ。ちょっとやそっとの数的不利くらい跳ねかえしてみせい!」

なお叱咤するキンメルのかたわらで、首席参謀チャールズ・マクモリス少将は、事の真相に気づきはじめていた。

(どうもおかしい)

残念ながら、砲術の技量は敵が上と認めざるをえない。数的有利以上に、敵はこちらに命中弾を送り込んできている。

しかし、自分たちもそれをただ黙って見ているわけではない。

サウスダコタ級戦艦は自慢の一六インチ砲一二門の火力で、コロラド級戦艦も一六インチ砲八門で反撃した。

計一〇隻の砲撃で、少なからず敵戦艦にも命中弾を得ているはずだった。

だが、敵に目立った損害はないように見える。落伍した艦もなければ、顕著に火力が衰えた艦もない。

紀伊型、天城型、加賀型に共通した特徴である前方にかたよった艦橋配置と、主砲塔五基のうち三基を後部に置くために尾を曳いたような艦容に大きな変化はない。

(まさか)

そのまさかだった。

敵艦隊が発砲しはじめたのは、三万ヤードをはるかに超える距離だった。これは艦上観測のみでは限界に近い距離といえる。

　普通はこんな大遠距離で仕掛けることはない。距離があればあるだけ測的精度は悪いし、弾道におよぼす不確定要素も増すため、命中率が格段に落ちるからだ。

　だから、ドイツ海軍などは弾道の低い射距離と射法を好むとされている。

　はじめは、それだけ自分たちの腕に自信がある、条件が悪くなれ悪くなるほどその差は開く。だから敵は大遠距離砲戦を挑んできたと、マクモリスは思っていた。

　しかし、それも要素のひとつには違いなかったが、やはり別な理由が存在した。

　日本海軍の戦艦は第一次大戦中のジュッドランド海戦の戦訓を完璧に取り込んで、垂直防御を削ってでも水平防御を高めていた。

　つまり、横方向からの打撃には多少目をつぶっても、上方向からの打撃に抗堪性《こうたんせい》を持たせたのである。

　そのために砲戦距離を広くとった。

　遠距離を飛翔した砲弾は必然的に落角が深く、上方向から目標に命中することになる。

　重防御に定評のあるアメリカ戦艦も、その真骨頂は垂直方向の分厚い装甲や防御構造にあり、水平方向の防御力はさほどでもなかった。

　敵はそこを衝いてきた。

　だが、そうだとしても速力は圧倒的に敵が上だ。距離を詰めようにも、鈍足の自分たちの戦艦ではそれもできない。

（完敗だ）

　マクモリスはひとり天を仰いだ。

　直後、『サウスダコタ』は激震した。

　耳を圧する金属音が連続して響き、海水と炎、そして砕け散った各種の残骸が混然一体となって艦上に舞いあがる。

司令塔にも断片や煙が飛び込み、ある者は鮮血を飛びちらせ、またある者は激しくせき込んで、その場にうずくまった。

「駄目だ」

絶望的につぶやいたのは、艦長マーヴィン・ベニオン大佐だった。

眼下の光景は悪夢のようだった。かろうじて一基のみ残っていた第一主砲塔が、無惨に断ちわられていた。

天蓋が真っ二つに引き裂かれ、三本の主砲身はありえない直上を指してとまっていた。そのまま弾火薬庫が誘爆して轟沈しても不思議ではない状況だった。

不幸中の幸いというか、敵弾は斜めに貫通して主砲塔の外へ抜けたのかもしれない。

艦はさらに、スタミナが切れたかのように行き足を鈍らせていた。艦首にあがる白波は見る見る衰え、ほとんど海面を滑走しているようなものだった。

「機関室、どうした！　応答せよ、機関室。機関長、応答せよ！」

ベニオンが血相を変えて叫ぶが、応答はない。艦内電話も伝声管もいかれている。こうした場合は、人を走らせるしかない。古風だが確実な方法である。

「艦長」

マクモリスはベニオンの顔を見て、ゆっくりと首を左右に振った。

「この艦はもうもたない。総員退去を命じるべきだ」という意思表示だった。

うなだれてすぐには返答できないベニオンからキンメルに、マクモリスは向きなおった。

「提督、残念ながら本艦は」

そこで、マクモリスはキンメルの「異変」に気づいた。視線はうつろで、なにやら繰りかえしつぶやいている。

「こんなはずは……こんなはずは」

キンメルは現実を受け入れられないでいた。

栄えある太平洋艦隊旗艦が戦闘、航行不能に陥ったこともそうだが、太平洋艦隊そのものが日本の連合艦隊に劣勢であることが信じられない。いや、信じたくないせいであろう。

「これはなにかの間違いか。自分は夢でも見ているのか」

「提督、司令部を移しましょう。『サウスダコタ』が失われても、太平洋艦隊そのものが失われるわけではありません。ここは一度退いて再起を」

時間はあまりないはずだった。

紀伊型戦艦四隻の射撃は続いている。『サウスダコタ』の速力が急に鈍ったため、次の弾着はのきなみ前方に逸れたが、敵はすぐに修正して撃ってくるはずだ。

もはや『サウスダコタ』に、それを逃れる術《すべ》はない。

「提督」

だが、遅かった。それから間もなく、マクモリスはこれまでに経験したことのない衝撃を感じた。それは、全身の細胞隅々までを震わすような衝撃だった。

力任せに鋼鉄を引き裂くような大音響と、それに続く重々しい爆発音……。

(熱い!)

熱風が吹き込み、ついで黒煙に視界は閉ざされた。

炎が司令塔を席巻したような気もしたが、マクモリスは不思議な浮遊感を覚えた直後に意識を失った。

誰の声もなんの音も聞こえない。

そこまでだった。

連合艦隊旗艦『駿河』と第一戦隊の同型艦『紀伊』『尾張』『近江』の射弾が、アメリカ太平洋艦隊旗艦『サウスダコタ』に引導を渡した瞬間だった。

漏れだした重油を曳く様は、まるで傷ついた艦が血を流しているかのようだった。

巡洋戦艦『コンステレーション』は敵巡洋戦艦『蓼科』に押されていた。

一対一の砲戦に自信を示していた艦長チャック・ライトの表情からは、いっさいの余裕が失われていた。

敵の実力は想像をはるかに超えていた。認めたくはないが、砲術の技量は完全に敵が上だった。

射程、命中率ともに優る敵に『コンステレーション』は劣勢を強いられている。

敵の照準はたしかで、発射速度も悪くない。

口径一七インチか一八インチと思われる巨弾を、敵は四〇秒ほどの間隔で正確に送り込んでくる。

さらに驚かされたのが散布界、すなわち一斉発射した砲弾の弾着範囲の狭さだ。

自分たちの散布界は六〇〇メートルから八〇〇メートルもあるのに対して、敵のそれは半分にすぎないように見えた。

今まで自分が抱いていた認識とのあまりのギャップに、驚きを超えて情けなくなるほどだった。

もっとも散布界の問題は、技量の差によるものだけではなかった。

レキシントン級巡洋戦艦は高速力を得るために、艦体は縦横比の高い巡洋艦に似た細長い形状をしていた。

さらに乾舷が高く、発砲時に艦体が不安定になるという、構造上の問題を抱えていた。

それに加えて、五〇口径という長砲身化された主砲身は、初速を高めて威力を増すというメリットはあったが、発砲時の砲身のぶれが大きく、弾道が不安定になるというデメリットを内包していた。

すでに『コンステレーション』は主砲火力の二分の一を失い、火災の炎が艦内外を暴れまわっている。

再び被弾の衝撃が艦上を突きぬける。今度は後ろだ。

「後檣に直撃弾！　予備射撃指揮所全壊」

「右舷中央に直撃弾！　三番、五番副砲損傷」

もちろん、こうした状況でライトもただ手をこまねいているわけではない。

時折、速力を加減速して敵の照準を外したり、針路を変えて距離をとって敵の射撃精度を落とすことを試みた。

だが、それは同時に自分たちの射撃精度も下げるという悪循環に陥り、距離をとったことは完全に裏目にでた。

「来る！」

瞬間的にライトは感じた。大気を引き裂く轟音が自分めがけて迫る。両耳からねじ込まれる圧迫音に心臓を鷲づかみにされるような気がした。

振りむく暇はなかった。その瞬間、視界は急転して、気がついたときにはライトは床に投げだされていた。

熱風を感じるとともに、硝煙のにおいが鼻を衝いた。

容易ならざる事態が艦を襲ったであろうことは、すぐにわかった。

「ひ、被害報告！」

苦痛をこらえて立ちあがりながら、ライトは叫んだ。

（速力が落ちている!?）

艦首波、舷側波ともに衰え、司令塔にあたる風圧も弱まっていた。原因は機関室からの報告によって、明らかになった。

「機関室より艦長、上部缶室に被弾。出しうる速力、二五ノット」

「なに！」

ライトは蒼白になった。

レキシントン級巡洋戦艦の最大の武器は、三五ノットの高速力にある。ただでさえ劣勢の状態で、最大の武器まで封じられては、勝機はさらに遠のく。

これもレキシントン級巡洋戦艦の設計上の欠陥が響いていた。

大出力を得るために異常に多くなった缶の一部が、頑丈な装甲で覆われた防御区画からはみ出して、薄弱な水平装甲の下に目をつぶって置かれていたのだ。

その弱点が見事に露呈した結果だった。

さらに、それ以外の被害報告も続く。

「三番主砲塔、揚弾器故障。発砲不能」

「左傾斜五度まで復元も、これ以上の注水は困難」

「艦長」

航海長レッド・フォリスター中佐が伏し目がちに切りだした。暗い表情からは、なにを言いだすのか予想できた。

「主砲火力も推進力も減じた今、本艦が置かれた状況はきわめて厳しいと考えます」

「…………」

「さすがに、ここでいちかばちかの勝負に出るわけにも」

「撤退しろと、そう言いたいのか」

「はっ」

いつもは少々の危険性など度外視して賭けを繰

りかえすフォリスターの現実的な進言は、事態の深刻さを物語っていた。

「敵に背を見せて、おめおめと逃げだせと」

ライトは屈辱に震えたが、そこにまた強烈な閃光が射し込み、やや遅れて低く重い爆発音が殷々《いんいん》と伝わった。

僚艦『サラトガ』『レンジャー』あたりが爆沈したらしい。

『コンステレーション』は穂高型巡洋戦艦と一対一の砲戦を演じていたが、後続艦のなかには天城型あたりを含めて、数的にも不利な艦がいたのかもしれない。

そうなれば、おのずと結果は見えてくる。

「もう一発缶室に食らえば、それこそ致命傷になります。本艦は戦場に取りのこされ、袋叩きにあって沈められてしまうでしょう。

幸い、駆逐艦が援護してくれます。煙幕を張って魚雷で牽制する間に退きましょう」

そこで、フォリスターは珍しく言葉に抑揚をつけた。

「太平洋艦隊司令部との通信は途絶え、『ノースカロライナ』と『アイオワ』が沈んだとの情報もあります。恐らく『サウスダコタ』も」

「『サウスダコタ』が沈ん……だ」

その瞬間、ライトは卒倒しそうな衝撃を受けた。

アメリカ海軍の威信と誇りの象徴ともいうべき旗艦の沈没は、単に有力な戦艦一隻を失ったという打撃にとどまらず、アメリカ海軍の全将兵に大きな精神的ダメージを与えるものだった。

「再起を期すためにも。これは逃避ではなく、次の」

「……わかった」

ライトは苦汁の決断をした。

自分たちは緒戦で思わぬ大敗を喫した。

自分たちこそが世界最強の戦艦群だという考えは、呆気なくこのマーシャル沖で瓦解したのだ。

自分たちはけっして頂点に君臨する存在ではない。日本軍は強い。

根本的に軍事観念を改めさせられ、ライトは敗北という屈辱にまみれたのだった。

巡洋戦艦『蓼科』の射撃指揮所は活気に溢れていた。

先にアメリカ戦艦最大の火力を持つサウスダコタ級戦艦を撃沈し、今度はアメリカ戦艦最速のレキシントン級巡洋戦艦を追いつめている。

対して『蓼科』の損害は軽微であり、全力射撃、全速航行が可能である。

五脚檣を基礎としつつ、丸みを帯びた近代的形状の九八式方位盤を最上部に置いた艦橋構造物と、その前後に背負い式に二基ずつ配した連装主砲塔は、名峰富士を思わせる。

成層火山形状の艦上構造物を形成し、それが近代化改装によって獲得したS字を横に倒したようなダブル・カーベチャー状の艦首から絞り込んだ艦尾にいたる艦体にのっている。

この均整のとれた『蓼科』の艦容は、いささかも崩れていなかった。

『蓼科』が放った八発の四六センチ徹甲弾が、再び目標に殺到する。

一発は重量三万ポンドにのぼる主錨を豪快に跳ねあげ、錨鎖を断ち切って、それを海面に叩きつけた。

また一発は前部の砲塔に命中し、二本の砲身を力任せにもぎ取った。

長さ二〇メートルを超える砲身は、一本が後ろに飛ばされて前部籠マストに突き刺さり、もう一本はささくれ立った切断面で甲板を傷つけながら海面に消えた。

目標から吹きあがる炎と黒煙は、なおいっそう激しくなり、誘爆のものと思われる小さな火球も時折弾けるのが見えた。

「目標の速力低下。現在三〇ノットから二九ノット……二五ノット」

（あとひと息というところだな）

方位盤射手渡良瀬欣司特務少尉は唇を舐《な》めた。

目標は火力、速力ともに衰えており、それだけ重要箇所が傷ついていると見ていい。あと二、三射もすれば力尽きて沈むに違いない。

渡良瀬は勝利を確信したが、そこで事態は急転した。

「敵駆逐艦、出現！　左舷前方より四ないし五。右舷からほぼ同数」

「突進してくる！」

「敵は煙幕を展張！」

どこからともなく現れた敵駆逐艦が味方の巡洋戦艦を守るべく、妨害行動を始めた。

どす黒い煙幕の向こうに、目標のレキシントン級巡洋戦艦が隠れていく。

「観測機は……そうだった」

そこで渡良瀬は歯噛みした。上空から確認できるはずの弾着観測機は、すべて敵戦闘機に追いはらわれていた。

艦上からの光学的観測手段しかない渡良瀬らに対して、煙幕は古典的ながらも効果的だった。

しかも海上はほぼ無風であり、一度展張した煙幕は海上に長時間垂れ込めた。

「蹴散らせ！」

砲術長家村壮治郎中佐が命じ、副砲と高角砲が発砲するも、敵駆逐艦は蛇行を繰りかえして照準を絞らせない。

やはり味方の援護に徹して、攻撃する意図はあまりないようだった。

（こちらの駆逐艦はなにをしているんだ！　前衛どうしがしっかり戦っていれば、こんなことにはならなかった）

そんな恨み節が喉元から出かかったが、どうこう言っても事態がよくなるわけではない。

艦長高橋雄次大佐も、艦をなんとか煙幕の切れ目に誘導しようと腐心しているようだが、敵駆逐艦の動きは思いのほか素早く活発だった。

家村は渡良瀬を一瞥《いちべつ》した。

「どうする？」という目だ。

「煙幕を突きぬけるしかありません。砲術長、追撃しましょう。僚艦も優勢に見えます。協同すれば、二隻、三隻の撃沈も可能かもしれません」

「それしかあるまいな」

「はい」

渡良瀬の意見を容れて家村は具申した。

「砲術より艦長……」

しかしながら、しばらくして返ってきた戦隊司令部の命令は、期待外れのものだった。

「砲撃を中止して集まれですって⁉」

唖然とする渡良瀬らに家村は告げた。

『穂高』が雷撃を受けた。幸い、被雷することはなかったが、敵駆逐艦が跳梁《ちょうりょう》するなかで、これまでのように砲撃に専念することは難しくなった。煙幕の向こうに出たとして、集中砲火を浴びる危険性もある。それが、戦隊司令部の判断だ」

そこで、家村は背を向けて天を仰いだ。

「戦果拡大の好機に」

渡良瀬以外にも、皆不満そうな表情を見せていた。もちろん、渡良瀬も納得のいくはずがない。

（あとわずかで目標を撃沈できるどころか、ほかのレキシントン級巡洋戦艦も一網打尽にできるかもしれないのに）

しかし、その思いは砲術長も同じだと、渡良瀬は家村の背から察した。

世界最大最強の四六センチ砲を預かる砲術長ならば、なおさらその思いは強いのかもしれない。

しかし、砲術長の権限で戦隊司令部の命令を覆すことなどできない。

後にマーシャル沖海戦と命名される日米の艦隊決戦は、日本艦隊の大勝に終わった。

投入したダニエルズ・プラン戦艦の過半を撃沈破されたアメリカ海軍太平洋艦隊に対して、日本海軍連合艦隊が喪失した戦艦は旧式艦二隻にとどまり、主力の八八艦隊計画戦艦は一隻たりとも沈むことはなかったのである。

だが、家村や渡良瀬ら戦艦『蓼科』の砲術科員たちは、消化不良の感を拭えなかった。

宿敵レキシントン級巡洋戦艦を追いつめながら、それはどす黒い煙幕の向こうに姿を消した。

手中にしかけていた戦果は、するりとこぼれ落ちてしまったのである。

たしかに、危険性を考えるのは悪くない。勢いあまって墓穴を掘っては元も子もない。

しかし、一時の勝利に満足して詰めを誤れば、あとあと痛いしっぺ返しがくるのではないか。逃した敵は、必ずもう一度やってくる。

しかも敗北の汚辱を晴らそうと、失われた同僚や僚艦の仇を討とうと、復讐鬼となって現れるのである。

今日倒せる敵はいつでも倒せると考えるのは早計であり、敵もそれなりの対策を講じてくる。敗因を分析して戦術を変え、艦そのものも改装して強化してくるかもしれない。

危険な芽は早めに摘みとる。沈められる艦は、沈められるときに沈める。そうするべきではないか。

そんなもやもやとしたわだかまりが胸につかえ、
勝利の歓びはいずこへと飛び去っていた。

第6章
憂色の炎

一九四一年一一月一日　東京・霞が関

マーシャル沖海戦大勝の余韻に浸る間もなく、連合艦隊司令部の面々は艦隊の帰港に先がけて、空路で内地に帰還していた。

可及的速やかに次の行動を起こすべく、軍令部らと戦略方針をすりあわせるためである。

「……以上のことから、連合艦隊司令部としては次の目標をハワイとし、敵の残存兵力と前線拠点を撃滅することを提案申しあげます。作戦実施は向こう一カ月以内。投入戦力は前回同様、連合艦隊の全力を予定いたします」

首席参謀黒島亀人大佐の発表内容は過激だった。当然ながら、司令長官山本五十六大将の意を受けてのものだったが、軍令部の反応は辛辣《しんらつ》だった。

軍令部総長永野修身大将が口火を切る。

「こちらの耳がおかしかったかな。今、一カ月と言ったか」

「はっ、そのように申しあげました。一カ月以内と」

「一カ月な。ふん」

そこで永野の表情が変わった。

「馬鹿を言っちゃいかんよ。被弾した艦の修理に、どれだけの時間がかかると思っておる。（八八艦隊計画戦艦には）沈んだ艦こそなかったが、大なり小なり傷ついた艦も多かろう。それに遠征となれば、機関も入念に整備しなおさねばなるまい」

「作戦目標がハワイというのも問題ですな」

軍令部第一部長福留繁少将が続いた。

「マーシャル沖で米太平洋艦隊を半身不随に追い込んだとはいっても、ハワイは敵の本拠地だ。防備は相当固いと見ねばならん。

そんなところに、周辺に敵を残したまま飛び込むとは危険極まりない。せめて、ミッドウェーやジョンストンあたりを先に攻略すべきではないのか」

「ジョンストンなどにかまっている暇はないのです。敵が大きく傷ついた今、間髪いれずに追い討ちをかける。

それも、もっとも敵に大きな打撃を与えうる効果的な場所がいい。それに見合うのは、ハワイ以外にはありません」

「最悪、出せる戦力だけでもと考えております。たとえマーシャル沖の半数になろうとも」

「思いあがるな！」

黒島を捕捉した作戦参謀三和義勇中佐に向かって、福留は一喝した。

「たしかにマーシャル沖での戦いは見事だった。それは認めよう。同じ日本海軍の軍人として誇らしい限りだ。

しかし、そうそう勝てる戦《いくさ》ばかり続くと考えると、痛い目に遭うぞ。不十分な戦力で敵地に飛び込むのは、拙速としか言いようがあるまい。そもそもそんな中途半端な戦力では、ハワイを奪うことなどできまい」

「奪取までは考えておらん。次の作戦目的は、あくまで敵の撃滅だ」

次々と浴びせられる反論に、ついに連合艦隊司令長官山本五十六大将が口を開いた。

「敵を撃滅したら、さっさと引きあげればよい」

「なっ」

福留は唖然とした。

はるばる太平洋を横断して敵の本拠地を叩きながら、すぐさま放棄して引きあげるとは。そのために膨大な戦力を投入して、なおかつ無理をしてまで実行する必要がある作戦なのか？

疑問に思ったのは福留だけでなく、永野らも同じだった。

「そのような作戦案は、軍令部としてはとうてい承認しがたい。そもそも軍令部の基本方針は、南方の制圧と聖域化なのでな。海軍大臣の意見は？」

永野に問われた海軍大臣吉田善吾大将は永野を、ついで山本をしばし見つめた。

慎重な性格の吉田はすぐに口を開かず、なお数秒間思案してから答えた。

「個人的な意見ですが、ハワイを叩く必要性は感じます。ただ、それには入念な準備が必要でしょう。膨大な量の燃料や弾薬が必要です。となれば、それに見合った戦略的な成果も」

「見合った戦略的な成果か。ハワイが手に入るならばな。ただ、そうなれば一朝一夕《いっちょういっせき》には」

「どうしてもほかの案でいきたいならば、この山本を解任してからにするがいい。ハワイ攻撃案が受け入れられないならば、自分はこの職を辞させていただく！」

「長官！」

吉田や永野だけでなく、山本の発言には当の連合艦隊司令部の者たちも驚いた。黒島は頬を引きつらせ、三和も両目を大きく見開いて仰天した。

「とにかく連合艦隊司令部としては、ハワイ即時攻撃は譲れない線だ」

山本は黒島や三和にも念を押すように言った。

「対米戦勝利には、この作戦は必要不可欠である！　この山本の命に代えてでも実行せねばならん」

山本の双眸に強い覚悟を見た黒島と三和は、目線を合わせてうなずきあった。連合艦隊司令部としての一致団結、生きるも死ぬも、ともに戦うまでだという意志をあらためて確認し合った。

「一時的に叩いても、敵はすぐに戻ってくる」

「南方をがっちりとつかみ、長期不敗体制を築くことが先決だ」

「時間をかければかけるほど、敵との差は開く。それをあらためて理解すべきだ」

その後も議論は数時間続けられたが、連合艦隊司令部と軍令部との溝は埋まらず、結論は持ちこしとなった。

三日後に双方新案を持ちよって、再度議論することになったものの、かなりの荒療治がなければ海軍がまとまりそうもないことは、出席者全員に共通する感想だった。

同日　パールハーバー

帰還した艦の姿は、どれも無惨なものだった。

艦体は大きく抉《えぐ》られ、主砲塔や艦橋構造物をはじめとした上構は叩きつぶされ、あるいはもぎ取られ、甲板上が瓦礫《がれき》の堆積場と化した艦も多い。

艦首や艦尾を切断されて、僚艦に曳航《えいこう》されながらかろうじて帰ってきた艦や、メインマストもへし折られ、無数の破孔が顔を覗かせる状態で到着した艦もある。

帰港と同時に、まさに力尽きて着座した艦も少なくない。

そこには、威風堂々出撃していった世界最強の艦隊の面影などまるでなく、命からがら逃げ帰ってきた敗残の艦隊が、散り散りバラバラになって倒れ込んできた様子しかなかった。

レキシントン級巡洋戦艦の二番艦『コンステレーション』も、その一隻だった。

四基あった連装主砲塔は、そのすべてを撃砕され、上甲板も中央右半分が大きく抉れており、破壊された缶室がぽっかりと口を開いている状態だった。

二本の籠マストも、後ろのものは上部三分の一ほどが削ぎおとされ、倒壊した煙突とともに傷ついた艦容の象徴と化していた。

パールハーバーの工廠設備はここ一〇年ほどで大きく拡充されていたが、量、質ともにさばききれるものではない。『コンステレーション』は応急修理のうえ、ただちに西海岸のサンディエゴに回航してドック入りする予定だった。

「よくこんな状態で、帰ってこられたもんだ」

「ジャップの戦艦は速いし、とてつもない砲を積んだ化け物らしい」

工廠の作業員たちの噂話や囁《ささや》きを耳にしながら、艦長チャック・ライト大佐は傷ついた自艦を見つめていた。

マーシャル沖で敗れて以降、ライトの口数はめっきり減った。しょっちゅう飛びだしていたジョークは完全になくなり、表情は常に険しく、殺気を帯びるようになっていた。

アメリカ太平洋艦隊は、中部太平洋海戦（日本名マーシャル沖海戦）と命名されたマーシャル諸島沖での日本海軍連合艦隊との海戦で、サウスダコタ級戦艦『サウスダコタ』『ノースカロライナ』『アイオワ』とコロラド級戦艦『コロラド』『ワシントン』、レキシントン級巡洋戦艦『コンスティテューション』を失った。

さらに、ハワイへの帰還途上で傾斜が激しくなったコロラド級戦艦『ウェスト・バージニア』も自沈させざるをえなくなるとともに、サウスダコタ級戦艦『インディアナ』を敵潜水艦の追撃で沈められた。

　自慢のダニエルズ・プラン戦艦の半数を緒戦で一挙に喪失した太平洋艦隊だが、それと同時に陣頭指揮を執っていた司令部も、ただ一人生き残った首席参謀チャールズ・マクモリス大佐を除いた全員が旗艦と運命をともにした。

　そうして見れば、自分も艦も生きて帰ってこられただけ、まだましだったかもしれない。

「『タテシナ』……」

　ライトはパールハーバー帰還後に、自分が戦った敵艦の名を知った。

　自分たちを上まわる巨砲を持つ、特徴的な艦容の艦である。

（この屈辱は、あれを沈めねばけっして消えぬ）

　自分たちが世界最強であるという自負を完膚なきまでに打ち砕き、日本軍は手強いという思いを植えつけさせた艦――それが『蓼科』である。

　ライトの胸中には、強烈な復讐心が芽生えていた。

　ライトは軍人家系の出で、なんの疑問もなく海軍に入ったが、中部太平洋海戦を終えて、ライトの戦う目的は『蓼科』を沈めることに固まったのだった。

一九四一年一一月三日　東京・霞が関

　海兵三二期の同期であるがゆえに、ここには遠慮も気づかいも無用だった。

「海軍大臣室」と表札のかかった部屋の主たる吉田善吾大将は戸惑った様子で相手――連合艦隊司令長官山本五十六大将を見つめていた。

「軍令部とのすりあわせは明日だぞ。なのに、まったく意見を変えるつもりがないとは、どういうことだ」

「どういうことも、こういうこともない。そのまといういことだ。今日明日にでも出撃して、ハワイを叩く。敵の残存艦隊と港湾施設を破壊して引きあげる。それだけだ」

吉田は深いため息を吐いた。

「俺を困らせたいのか、山本よ。俺も立場上、軍令部と連合艦隊司令部とが対立したまま放っておくわけにはいかん」

「困ることはあるまい」

山本はあっさりと言った。

「貴様は貴様なりの考えで動けばいい。別に誰の肩を持つとか考えんでな」

吉田は苛立ちをあらわにした。

「軍令部にはな、お前の首をとれという声すらあがっているんだぞ」

「ほう。とりたければ、とるがいい」

「山本！」

吉田は肩を震わせた。

即時ハワイ攻撃を主張する連合艦隊司令部と、南方制圧が優先だと主張する軍令部との対立は、いっこうに解消する兆しが見えなかった。

「ハワイ攻撃案を否定するならば、自分を解任してからにするがいい」などと強硬な態度をとる山本に対しては、軍令部のみならず海軍省からも風当たりが強くなってきていた。

「ハワイを叩く必要性については、俺も認める」

吉田は腰をあげて歩きはじめた。興奮のあまり声が震えている。山本は応接用のソファーに深々と腰を沈めたままだ。

「だがな、性急な出撃には賛成できん。中途半端な戦力で撃破できるほど、敵は甘くなかろう。敵が強大だというのは、常々貴様が言っていたことだろうが。貴様の主張は矛盾している」

「時機が問題だと言っている。マーシャルで取りこぼした敵を、今なら叩ける。実際に戦った身だからこそ、その必要性を痛感するんだ。

それこそ、敵の太平洋艦隊を一掃できる。それがわからんか」

吉田と山本は、しばし睨みあった。

「たとえそうだとしても、ハワイは敵の本拠地だぞ。我々で言えばトラックに等しい。そんな敗残の戦力だけだと思うか？　下手をすれば、敵が手ぐすね引いて待ち構えているところに飛び込むことにもなりかねんのだぞ」

吉田は険しい表情で続けた。

「だから、しっかりと戦力を再構築して臨む。上陸と占領を合わせた作戦とすれば、軍令部を納得させられる。それは俺が負おうじゃないか。陸軍との関係性もあるしな」

南方制圧を優先とするという軍令部の案には、陸軍の意向も入っていた。それを延期するとすれば、陸軍の立場も考慮しなければならない。

海軍ばかりが先走るわけにはいかないのだ。

海軍軍人であるとともに、内閣の一員である吉田にとっては、陸軍との良好な関係構築も重要な仕事のひとつだった。

「山本よ、貴様もそれくらい譲歩したらどうだ。ハワイ攻撃作戦をハワイ攻略作戦と替えれば、すべて丸くおさまるんだ」

「断る！」

「山本！」

二人は再び睨みあった。

視線が火花を散らしてぶつかり合い、その先で沸々とした感情が暴発寸前にまで高まっていた。

「俺に厳しい決断をさせるな。もう一度言うぞ。連合艦隊司令部もハワイ攻略作戦案に同意する。

発動はしばらく先だ。しっかりと準備を……」

「その必要はない」

山本は吉田の言葉を遮った。

「どうしても駄目だと言うのならば、それまでだ。男に二言はない」

「……そうか」

吉田は山本の目を数秒間見てから、目を伏せた。そのうえで山本に背を向ける。

海軍の人事に関する最高責任者は海軍大臣である。吉田は海軍人事の最終責任と権限を負っている。これ以上、この問題を長びかせるわけにはいかない。

「残念だよ」

そのひと言が、海軍大臣室に染み入った。連合艦隊司令長官解任という重大決断を、吉田が下した瞬間だった。

一九四一年一一月二四日　仏印

マーシャル沖海戦で傷の度合いが軽かった連合艦隊の一部の艦艇は、仏印のカムラン湾に入って、南方作戦の行方を見守っていた。

主たる目的はシンガポールに在泊するイギリス東洋艦隊への牽制である。

第三戦隊の巡洋戦艦『蓼科』と第一水雷戦隊旗艦の軽巡『名取』もそのなかに含まれていた。

水上艦の乗組員は、そもそも艦を降りて行動することが少ないため、たとえ同じ艦隊に所属して同じ作戦に従事していても、ほかの艦の乗組員と顔を合わせる機会はめったにない。

そうした意味で、巡洋戦艦『蓼科』方位盤射手渡良瀬欣司と同飛行科観測班長郡司虎雄、そして軽巡『名取』水雷方位盤射手香坂信の、同期の特務少尉三人が一堂に会したのは奇跡的な偶然だった。

　半舷上陸で互いを見つけた三人は、急造された小料理屋で旧交を温めつつ、今後の展望などについて意見をぶつけ合った。

　非公式の場で、なおかつ勝手知ったる仲なので、遠慮はいっさいない。

　まともな話から奇想天外な案、さらには普段は口外できない上の噂話まで、酒の勢いも合わせた束の間の楽しいひとときだった。

　ほろ酔い気分で外に出て、潮風を浴びる。まだ艦に戻るつもりはなかったが、船乗りの習性か、自然と足は港に向いていた。

　昼間の暑さは厳しいが、南方も夜になればまだ過ごしやすい。真上から照りつけるぎらぎらとした陽光に代わって、心地よい海風が頬をなでる。

　星空がきれいだ。半分ほど欠けた月が黄色く照らされ、内地では見ることができない南十字星も見える。

　ずっと眺めていると、戦時ということすら忘れてしまいそうな光景だった。

　波も穏やかで、沖合の海面が月明かりを受けて白く輝いていた。

「静かなものだな……ん？」

　海面が揺らめいた気がして、渡良瀬は目をこすった。二重瞼の大きな目を暗い海面に向ける。

　海面に反射した光が、不規則に遮られている。

「なにかいる。というか、来た、か」

　郡司が黒い影に気づいた。香坂はただじっと見ているだけだが、三人の酔いは自然に吹き飛んでいた。

「敵か!?　こうしちゃいられねえ」

「いや、待てよ」

　焦る渡良瀬と対照的に郡司は冷静だった。

「敵襲なら、うちらの艦もじっとしているわけがあるまい。港が静かすぎる。警報すら鳴っていないんだぞ」

黒い影が月明かりを背に向かってきた。次第にはっきりとした艦影になってくる。

「妙高型か？」

渡良瀬があたりをつけた。丸みを帯びた艦橋構造物が見え、その前の黒い塊はピラミッド型に配された主砲塔のようだった。

日本海軍のなかで、重巡洋艦として専用設計された初の艦である。

耐弾性に難があるが、一万トンクラスの艦体に常識外の砲兵装と雷装を詰め込んだ重武装艦だった。

その妙高型重巡が三隻いる。

「妙高型がなぜ、こんな深夜に単独行動を」

「はん、そういうことか」

郡司が分厚い唇を動かした。切れ長の目が怪しく光る。

「ナトランにでも出動してきたのかもな」

「ナトラン？」

「ここからちょっと北にいった村さ」

「あんなところに敵の集結地などないだろうに」

首をかしげる渡良瀬に郡司は苦笑した。

「なにもわかっていないな」という郡司の顔だった。

「一昨日、魚雷艇数隻が炎上する事故があったろう？　あれは抗日工作員の仕業だと上は判断したらしいんだ。そこで、工作員が潜んでいるであろう地区をのきなみ焼き払おうとしているようだな」

「そんな！　あそこには非戦闘員どころか、女子供もいるだろうに。そこに重巡の巨弾を叩きつけるなんて」

渡良瀬は信じられない思いで声を大にした。

「たしかに、俺たちは戦争をしている。国と国との戦いのなかで、そんなことがひとつやふたつあっても不思議ではないこともわかる。

ただな、敵の施設や港もない一般民の部落を叩くなんて。そんな作戦など、作戦と言えるのか！

それが軍の作戦なのか」

渡良瀬は軍人でありながら、かつ正義感は人一倍強い男だった。

軍務には精励、命令には忠実が当然と思うが、それも軍が「道」を外れていないという前提の話だ。国防のため、国を脅かす敵を撃退するために、自分たち軍人は動く。

渡良瀬はそう信じて、軍務に尽くしてきた。当然、そこには民間人を標的とした攻撃という手段はない。

「長官も代わったからな」

ぽつりと郡司はこぼした。

中央の人事など、前線の特務士官には無縁に近いものだったが、さすがに連合艦隊司令長官が交代したとの報せは、郡司ら三人にも届いていた。

（これが、新長官のやり方なのか）

連合艦隊司令長官は、山本五十六大将から豊田副武《そえむ》大将に交代した。

その豊田長官が直々に命じたものかどうかはともかく、海軍内の風向きが変わったことはたしかだろう。

「ところで、ノブよ。『名取』も昨日出たろう。あれも、もしかして」

「…………」

郡司に問われたノブこと香坂信は、数秒間置いてから顔を上げた。丸縁の眼鏡を一度かけなおす。心の整理をつける間《ま》と仕草だった。

「トラの言うとおりだ。南部の村を砲撃した」

「なっ！」

その瞬間、渡良瀬の双眸が驚きと怒りに吊りあがった。ただでさえ大きな目が、裂けんばかりに見開かれる。

「ノブ！　貴様、それじゃアメリカといっしょだろうが。肌の白い者は優秀だ。肌の黄色い者や黒い者は下等で、生きている価値もない。そんな連中と同じだと思わんか」

「作戦だからな。俺たちは粛々と命令にしたがうまでだ」

香坂の淡々とした態度は、渡良瀬が燃やす炎に油を注いだようなものだった。

「貴様、それでも男か。それでもいいのか！」

「いいも悪いも、俺たちは軍人だ。上の命令は絶対だ」

「なにい！」

「やめろ、キン」

香坂の喉元をつかんだ渡良瀬を郡司が制した。

「ノブが悪いわけじゃない。一介の特務士官がどうこう言っても、作戦を中止になどできないと、貴様もわかるだろうが。それにノブは水雷屋だ。直接手を出したわけじゃない」

「……くそっ」

渡良瀬は投げすてるように手を離した。だが、その手はまだ憤《いきどお》りに震えていた。

（やはり、こういうことなのか）

渡良瀬は戦争の内に潜む、黒い野望や悪を見たような気がした。

アメリカとイギリスに宣戦布告されたため、やむなく自衛のための戦争に応じた。

仏印に進出したのも、あくまで東南アジア地域の平和と安定を維持するためのものではなかったのか。

やはり、それらは建前であり、口先だけのきれいごとにすぎなかったのか。

日本も欧米諸国がやってきたように他国を侵略し、地元民を殺戮《さつりく》して土地や資源を奪う侵略者にすぎなかったのか。

それでは行く先々で敵は増える。

アメリカとイギリスという国家としての敵に加えて、進出地域で自分たちはさまざまな抵抗や妨害に遭うだろう。

気がついたときには、四面楚歌になっていたりせねばよいが。

憂色の炎が揺れた。

信じたものが崩れたとき、男の叫びがこだまする。

太平洋の大海原は、男たちをもてあそびながら果てしなく広がる。

日米英の争いの炎は、ひとりひとりの思いになどかまわずに勢いを増し、太平洋全域に広がっていく。

国家の理念は真実か、そのなかで抱く個人の思いなど、しょせん吹いて飛ぶ泡のようなものにすぎないのか。

しかし、男たちは歩きつづける。最後の指針となる自分の心にしたがって。

（次巻に続く）

RYU NOVELS

鈍色《にびいろ》の艨艟《もうどう》

八八艦隊、咆哮！

2015年11月6日　初版発行

著　者　遙《はるか》 士伸《しのぶ》
発行人　佐藤有美
編集人　安達智晃
発行所　株式会社　経済界
〒105-0001 東京都港区虎ノ門 1-17-1
出版局　出版編集部☎03（3503）1213
出版営業部☎03（3503）1212
振替　00130-8-160266

ISBN978-4-7667-3226-9

印刷・製本／日経印刷株式会社

Printed in Japan

RYU NOVELS

菊水の艦隊1〜3	羅門祐人
日布艦隊健在なり1〜3	羅門祐人 中岡潤一郎
大日本帝国最終決戦1〜5	高貫布士
絶対国防圏攻防戦1〜3	林 譲治
蒼空の覇者1〜3	遙 士伸
帝国海軍激戦譜1〜3	和泉祐司
合衆国本土血戦1 2	吉田親司
皇国の覇戦1〜4	林 譲治
異史・第三次世界大戦1〜5	羅門祐人 中岡潤一郎
零の栄華1〜3	遙 士伸
列島大戦1〜11	羅門祐人
蒼海の帝国海軍1〜3	林 譲治
亜細亜の曙光1〜3	和泉祐司
大日本帝国欧州激戦1〜5	高貫布士
烈火戦線1〜3	林 譲治
激浪の覇戦1 2	和泉祐司
帝国亜細亜大戦1 2	高貫布士 高嶋規之
連合艦隊回天1〜3	林 譲治
興国大戦19441〜3	和泉祐司
真・マリアナ決戦1 2	中岡潤一郎